삶으로 깨어나기

삶으로 깨어나기

영성생활의 초대

장길섭 지음

창해

차례

서문

바다에 사는 물고기 한 마리가 선생님을 찾아가 물었습니다.

"선생님, 바다는 무엇입니까? 바다가 어디 있으며 어떻게 하면 바다를 만날 수 있나요? 저는 바다를 느끼고 싶습니다."

선생님은 미소를 머금으시더니 아주 작은 목소리로 말했습니다.

"지금 우리가 사는 곳이 바다란다. 너는 바다에서 왔고, 지금 바다 안에 있으며, 바다로 사라질 것이다."

"아닙니다. 이것은 바다가 아니고 물이지 않습니까? 물이 아닌 바다를 보여 주십시오." 물고기는 항변을 했답니다.

"우리는 하나님 안에서 살고, 움직이며, 존재하고 있습니다."(사도행전 17:28) 그것을 어떻게 '생각이 아닌 사실로, 이론이 아닌 체험으로' 사람들이 경험하게 할 수 있을까 하는 문제가, 제게는 오랜 사명이며 소명이었습니다.

그래서 수련 프로그램을 만들었고, 여기에는 청장년, 남녀노소 그리고 여러 다른 종교를 가진 다양한 이들이 참여하고 있습니다. 삶의 고통과 위기 가운데 찾아오는 사람도 있고, 영적 진보를 도모하고자 하는 목회자들도 있습니다.

이 책은 이들과 함께 먹고, 자고, 청소하고, 성경 읽고, 내적 치유를 위한 수련을 하면서 안내했던 테마들을 기록해 정리한 것입니다.

영성은 지금 이곳에서 자신이 하나님 안에 있음을 알아차려 깨어나는 것이라고 저는 생각합니다. 즉 일상에서 구체적으로 하나님을 경험하고 그분과 더불어 기쁨으로 사는 것이지요. 여러 가지 부족한 점이 없지 않으나, 책의 안내에 따라 스스로 직접 수련을 해 나가면서 커다란 영적 성장을 이루시길 간절히 기도합니다. 또 교회에서 그룹이나 공동체로 함께 모여 수련 작업을 해 나가는 것 역시 좋을 것입니다.

끝으로 이 책은 읽고 '그렇구나.' 하는 동의만을 얻고자 하는 책이 아니라는 것을 전합니다. 책의 내용을 따라 구체적으로 직접 수련을 해 나갈 때 비로소 저의 의도가 전해질 것이고, 독자 여러분도 효과를 볼 것입니다.

물론 약방에 있는 약이 다 좋다고 해서, 내 병에도 다 좋은 약은 아니듯 여기에 나오는 수련 테마들도 모두에게 다 좋을 수는 없을 것입니다. 하지만 일상에서 누구나 하나님을 느낄 수 있도록 보편적인 테마들을 소개했음을 알려드립니다.

朝陽 장길섭

골방 찾기

너는 기도할 때에, 골방에 들어가 문을 닫고서, 숨어서 계시는 네 아버지께 기도하여라. 그리하면 숨어서 보시는 너의 아버지께서 갚아 주실 것이다. (마태복음서 6:6)

진리의 사랑은 거룩한 고요를 찾고 사랑의 부름을 마땅한 일을 맡는다. (어거스틴)

너희는 잠깐 손을 멈추고, 내가 하나님인 줄 알아라. 내가 뭇나라로부터 높임을 받는다. 내가 이 땅에서 높임을 받는다. (시편 46:10)

기도는 하나님과 나누는 대화입니다. 이 대화의 시작, 그러니까 기도의 시작은 고요로부터 비롯되는 것입니다. 행동의 멈춤, 생각의 고요, 느낌의 끝.

바로 마음이 없는 은밀한 자리에서 우리는 은밀하게 계시는 아버지를 만날 수 있는 것입니다.

기도는 영의 흐름입니다. 들숨으로 맑은 공기를 마시고 날숨으로 더러워진 공기를 내놓아 생명으로 살듯이, 기도는 영적 생명인 속사람이 맑은 공기를 마시고 탁한 공기를 내뿜는 정화작용입니다.

기도는 사람을 변화시키는 능력이 있습니다. 변화는 내가 하는 것이 아닙니다. 변화되겠다는 의지로 행동 몇 가지는 바꿀 수 있겠지만 사람이 달라질 수는 없습니다. 내 안에 변화를 일으키기 위해 내가 할 수 있는 것이 있다면 그것은 기도입니다.

기도는 청원이나 애걸만이 아니고 전체로 허락된 하나님 은총의 선물입니다. 기도는 약한 사람이 하는 것이 아닙니다. 성숙한 사람일수록 기도하는 사람입니다. 상한 심령의 기도는 주께서 기쁘게 받으시는 제물입니다.

기도는 어떤 목적을 달성하기 위한 수단만이 아닙니다. 기도는 수단인 동시에 목적입니다.

기도는 생각으로부터 자유하는 것이며, 진리의 황홀경에서 일어나는 지복입니다.

기도는 살아 있는 침묵의 움직임입니다.

골방, 홀로 있음, 침묵, 정관(靜觀).

자신을 찾는 일과 하나님을 찾는 일은 둘이면서 하나요, 하나이면서 둘입니다. 고요하게 자신을 들여다보는 것(靜觀)은 바로 하나님 안에 있는 참나를 보는 것입니다.

기도는 일체를 사랑으로 보게 하고 삶을 신비로 이끄는 길 중의 길입니다.

"진리를 사랑하면 거룩한 고요를 찾는다."고 어거스틴은 말했습니다.

우리 주님도 무시로 일상을 뒤로 하고 고요 찾기를 즐겨 했던 것을 우리는 성서에서 많이 찾아볼 수 있습니다.

현대인들은 바쁘게 사는 것이 습관처럼 되어 있습니다. 몸과 마음이 분리되어 몸 따로 마음 따로 살고 있는 것입니다. 몸은 현재에 있는데 마음은 과거에 있고, 일과 추억, 원망과 서러움, 또는 내일에 대한 찬란한 꿈이나 두려움 가운데 있습니다.

지금 여기를, 즉 오늘의 현실을 못 살고 있다는 말입니다.

자, 편안한 자세를 취해 보겠습니다.

눈을 살포시 감습니다.

숨을 한 번 깊게 들이마시고 내쉽니다.

자신을 찾는 일과 하나님을 찾는 일은
둘이면서 하나요, 하나이면서 둘입니다.
고요하게 자신을 들여다보는 것은 바로
하나님 안에 있는 참나를 보는 것입니다.

지금부터 10분 정도 가만히 있어 보겠습니다.

10분이 지나면 눈을 뜨라고 하겠습니다. 그리고 원하시는 분은 앉아 있는 동안 무엇을 체험했는지를 나눠 보도록 하겠습니다.

(시작하는 종을 울린다.)

•

•

•

(10분이 되면 종을 울린다.)

자, 눈을 뜨고 몸을 좌우로 움직여 줍니다.

서로 나누도록 하겠습니다.

하나, 고요해지기 위해 무엇을 하셨는지요?

둘, 시도한 수련 방법이 어느 정도 성공적이었는지요?

셋, 고요한 상태를 한번 자세히 묘사해 보시면 어떻겠습니까?

넷, 그 밖에 일어난 생각과 느낌들을 나누겠습니다.

처음 수련을 시도해 본 사람들의 경험을 들어보면 가지가지입니다. 어떤 사람은 이렇게 앉아 가만히 있는 것이 처음이라는 사람도 있고, 오히려 조용한 것이 더 견디기 힘들다는 사람도 있습니다.

다리가 저려 오고 아프다느니, 옛날에 있었던 일이나 보고 싶은 사람 생각에 잠겨 있었다느니 그러다가 무슨 생각을 했는지도 모르게 멍청하게 앉아 있는데 종이 울려 깜짝 놀랐다는 등 사람마다 각기 다른 반응을 보입니다.

그러나 실망할 필요는 없습니다. 자기 마음이 어떠한지를 이제 조금 알기 시작한 것이니까요. 그동안 일 중심, 인기 중심, 명예 중심, 소유 중심으로 밖으로만 살다가 이제 처음으로 안으로 안으로 마음 중심의 삶인 존재로 돌아가려는 시작점에 서게 된 것이지요.

자, 다시 한 번 눈을 감고 고요 속에 머물러 볼까 합니다.

이제는 마음이 어디서 어디로 움직이는지를 가만히 관찰해 보겠습니다.

3분 정도입니다.

가만히 있어 보세요.

마음의 평정, 고요의 바탕 위에서 우리는 삶을 예술로, 하나님의 작품으로 세울 수 있습니다. 그러니까 고요는 영성생활의 기초공사라고나 할까요. 기초공사가 잘 되어야 튼튼한 집을, 마음에 드는 집을 지을 수 있거든요. 고요 찾기는 조급하게 뛰고 달리며 바쁘게 사는 현대인들에게 우선적으로 요구되는 수련 작업이라고 하겠습니다. 고요는 침묵의 계시가 얼마나 큰지를 알려 주는 은총의 문입니다.

고요 속에서 드러나는 바로 나 자신의 모습…….

참나의 발견…….

그리고 그분과의 대화…….

체험만이 우리를 그 세계로 인도하는 것입니다.

이야기나 토론, 설명보다 실제 해 보는 것, 그것이 첩경 중의 첩경입니다.

자, 다시 한 번 해 봅시다.

눈을 살며시 감습니다.

5분 동안 고요해지도록 내가 할 수 있는 것을 해 보겠습니다.

마치면 또 어뗘셨는지를 나누도록 하겠습니다.

그리고 고요가 알게 해 준 것 중, 이번에 다시 드러나 알게 된 것이 있으면 찾아봅시다. 새롭게 구경한 것이 있으면 말해 봅시다.

무슨 신기한 것을 찾으려 하거나 이상한 환상을 보려고 하지 말고 그냥 가만히 관찰하는 것입니다. 의도적으로 찾지 말고 단순히 구경하는 것입니다.

단지 바라보기만 하면 됩니다. 공중에 나는 새를 보고, 들에 핀 꽃들을 보라고 주님께서는 말씀하십니다. 보는 것은 삶의 핵심이고, 영성생활의 중심입니다.

> 너희는 잠깐 손을 멈추고,
>
> 내가 하나님인 줄 알아라. (시편 46:10)

몸의 감각 찾기

대화기도는 하나님께 말씀드리는 것입니다.

묵상기도는 하나님에 관해 생각하는 것입니다.

관상기도는 하나님 안에 머물러 그분의 신비와 경이를 알아차리고 느끼는 것입니다.

앞으로 저는 관상기도에 관한 얘기를 주로 하게 될 것입니다.

우리는 그동안 기도는 머리로 생각해서 말로 하는 것으로 생각해 왔습니다. 그래서 무언가 생각을 잘해서 논리적 체계를 갖춘 문장으로 하나님께 아뢰는 것이 습관이 되어 왔고, 그것을 잘하는 기도로 여겨 왔습니다.

그러나 여기서는 머리로 생각해 말로 하는 기도에서 마음으로 하는 침묵의 기도를 수련하려고 합니다. 우리는 앞 장에서 이미 마음의 고요 찾기를 수련했습니다.

이제는 마음과 함께 있지만 그것과 더불어 함께 살아오지 못한 몸의 감각을 알아차리는 수련입니다.

일단 먼저 한 번 해 보고 또 얘기합시다.

조용히 눈을 감고, 편안한 자세로 허리를 곧게 세우고, 턱은 당기고, 눈은 감은 채로 90센티미터 정도 전방을 보는 듯 내려 놓습니다. 다리는 자연스럽게 포개고, 손은 양 무릎이나 배꼽 부분에 놓습니다. 이 자세가 몸에 가장 편안한 자세입니다. 무릎을 꿇는 자세도 아주 좋습니다.

자, 시작해 봅시다.

(종을 울리고 1분 정도 지난 다음에…….)

.

.

.

잃어버린 몸의 감각을 하나하나 알아차려 봅시다.

우선 들려오는 소리를 느껴보세요.

어깨에 닿는 옷의 느낌을 알아차려 보세요.

방바닥 혹은 의자에 닿는 느낌을…….

무릎 위에 얹힌 손바닥의 느낌을…….

·

·

·

이제 자기의 앉아 있는 자세를 정확하게 알아차려 봅시다.

이제는 제 말에 따라 느껴 보세요.
머리…… 어깨…… 등…… 엉덩이…… 허벅지…… 발…… 뒷
모습을…….
머리, 이마, 눈, 코, 입, 턱, 목, 가슴, 배, 양 손, 그리고 앞모습
을…….

자! 이제는 자기 혼자서 마음 내키는 대로 몸의 감각을 느껴
보시기 바랍니다.

어떠셨습니까? 긴장이 많이 풀렸지요? 몸과 마음이 고요해지
고 편안해지는 것을 느낄 수 있지요? 어떤 사람은 긴장이 풀린
나머지 조는 사람도 있더군요.

기도는 하는 것이 아니고 기도 상태에 거하느냐 그렇지 않느냐로 말해야 한다고 어느 목사님께서 말씀하신 적이 있습니다. 기도하는 데 있어서 가장 크게 방해가 되는 것은 조급한 마음, 바로 긴장된 마음입니다. 기도하는 마음과 긴장된 마음은 함께할 수 없습니다.

그렇기 때문에 본마음으로 돌아가야 합니다. 다른 마음이나 사람들이 심어 준 가지가지의 조건화된 마음이 아닌 아버지께서 우리에게 주셨던 원래의 본마음을 찾아 그 마음과 몸이 하나인 것을 느끼는 것이 하나님의 세계를 알아차리는 경지가 아닌가 합니다.

잃어버린 몸의 감각들을 하나하나 알아차리는 것, 그게 바로 삶을 느끼는 것이지요. 자신의 호흡에, 걸음걸이에, 음식의 맛에 온전히 깨어 있는 것이 바로 지금 여기를 사는 것입니다.

옛날 얘기 하나 할까요? 이런 대화가 오간 적이 있습니다.

"선생님은 어떻게 그렇게 늘 기쁘게 살 수 있습니까? 그것을 가르쳐 주실 수 있겠습니까?"

"그래, 나는 밥 먹을 때 밥만 먹고, 일할 때 일만 하고, 잠잘 때 잠만 잔다."

"저희도 그러는데요."

"너희는 아니다. 너희들은 밥 먹을 때 일 생각하고, 일할 때 쉴 생각하고, 잠잘 때 꿈을 꾸지 않느냐?"

그동안 우리는 너무 머리로만 살아왔습니다. 머리로 생각하고, 상상하고, 그래서 현실을 잃어버렸습니다. 사실을 잃어버렸습니다. 지금 여기를 잃어버리고 대개는 과거나 미래로 꽉 차 있습니다.

어떤 사람의 경우, 85퍼센트는 과거의 원망이나 설움, 한(恨), 죄의 삯, 즐거운 추억들이고, 10퍼센트는 내일에 대한 두려움, 기대, 호기심 등이며, 현재의 의식은 5퍼센트 정도뿐이라고 하더군요.

"공중에 나는 새를 보라. 들에 핀 꽃을 보라." 그렇습니다. 한 날 괴로움은 그날에 족하고 내일 일은 내일이 맡아서 합니다. 내가 살 수 있는 것은 오늘입니다.

지금 여기로 나를 데려오는 수련으로는, 감각 알아차리기가 아주 효과적입니다. 다음 장에 가서 호흡이나 발걸음에 맞춘 기도를 구체적으로 수련하겠지만 지금 먼저 주위의 차가운 공기나 더운 공기, 들려오는 소리, 보이는 빛깔, 무게감들을 느껴 보세요. 기계적으로 '차갑다, 덥다, 시끄럽다, 달콤하다'고 평가하거나 판단하지 말고 그냥 들어 보고 느껴 보세요. 느낌에 따라 움직이는 마음 상태를 관찰하다 보면 지금까지 내가 무엇을 좇

아 그렇게 밖으로 밖으로 뛰었는지 발견할 수 있을 것입니다. '진짜 노다지는 여기 있었는데.' 하고 놀랄 수도 있을 것입니다. "천국이 여기 있다 저기 있다 못하나니 너희 안에 있다."고 했습니다.

마음 탐구, 마음 관찰, 가슴의 안부를 물어보세요.

마음 얘기가 나왔으니 좀 더 얘기해 보겠습니다.

머리는 기도하기에 썩 좋은 곳이 못 됩니다. 본래 머리의 기능이라는 것이 생각의 차원이고 그 생각 가지고는 참 하나님을 만날 수 없거든요. 생각의 차원에서는 그 생각 안에서의 하나님일 수밖에 없으니까 관념에 지나지 않는다 이 말입니다.

이런 차원에서의 기도는 지루하고, 피곤하고, 삶에 생기를 주지 못합니다. 삶이 변화되지 않는다 이 말입니다. 오히려 생각으로 삶이 굳어져서 편견과 아집과 신념으로 가득 찬 삶을 살게 되는 것입니다. 그것을 신앙으로 알고 사는 것이지요.

신앙은 깨달음이요 이해의 세계이지 고집과 편견과 아집의 세계가 아닙니다.

자, 이제는 생각하고 말하는 영역에서 벗어나서 느끼고, 알아차리고, 사랑하고, 직관하는 영역으로 옮겨 가는 법을 배워야겠습니다. 그 영역이 관상이 시작되는 곳이기 때문입니다. 바로 거기서 기도는 곧 변화시키는 힘이 되고, 또한 영원한 즐거움과 평화의 원천이 되는 것입니다.

변화는 내 결심으로 되는 것이 아닙니다. 결심으로 행동 몇 가지는 바꿀 수 있지만 사람이 새롭게 되지는 않습니다.

변화는 내 안에서 일어나는 것입니다. 변화가 일어나도록 나를 그분 안에 내어 놓고 가만히 관찰하는 것, 그것이 바로 관상기도입니다.

자, 한 번 더 이 수련을 해 보겠습니다.

자세를 바로하고 눈을 가만히 감습니다.

머리…… 목…… 어깨…… 가슴…… 배…… 다리…… 손…… 얼굴…… 머리…… 목…… 머리…… 목…….

몸과 마음속에서 서서히 어떤 고요를 느끼게 될 것입니다. 또한 이 고요가 좋고 편하다고, '여기가 좋사오니.' 하고 머물려는 집착하는 마음도 보게 될 것입니다.

고요 속에 그냥 멈춰서는 안 됩니다. 고요 속에서 넋을 잃고 그냥 쉬어서는 안 됩니다. 우리는 지금 편안해지기 위한 것이 아닌 알아차리는 수련을 하고 있는 중입니다. 고요를 알아차리는 것입니다.

이 수련을 통하여 우리가 지금 찾고 있는 것은 그동안 놓치고 살았던 감각의 느낌을 알아차리고 민감해지는 것입니다. 그래서 하나님께서 주신 영생의 삶이 있는 지금 여기를 살려고 하는 것입니다.

생각, 느낌 다스리기

삶은 심각한 것이 아닙니다. 그러니 심각하게 사는 것은 잘못 사는 것입니다. 오히려 삶은 축제요, 잔치입니다. 그런데 삶을 축제와 잔치로 신나게 살지 못하는 것은 생각과 느낌에 사로잡혀 그것이 삶인 줄 알고 살기 때문입니다. 장자는 생각이 끝나는 자리에 하늘이 있다고 했습니다.

사실로 나아오십시오. 현실로 나아오십시오. 사실과 현실에는 아무 문제도 없습니다. 문제는 자기 생각 속에 있고, 심각함은 자기 느낌 속에 있는 것입니다.

지금부터 하는 수련은 생각과 느낌에 따라 살던 나를 이제는 생각이 아닌 사실 그 자체의 삶으로 초대하는 것입니다.

자, 눈을 감으시고 편안한 자세를 취합니다.

몸에 일어나는 느낌들을 알아차리고 서서히 의식을 배로 가지고 옵니다. 배의 일어남과 사라짐을 면밀히 관찰합니다. 10분 정도 해 보겠습니다.

·

·

·

어떠셨는지요. 느낌을 서로 나누겠습니다. 별의별 생각이 오고 갔을 것입니다. 오고 간 생각이나 느낌을 말로 한 번 내 놓아 보시지요.

·

·

·

자, 이제부터는 관찰 중에 떠오르는 생각이나 느낌이 있으면 그것에 따라가지 말고 '어떤 생각이다.' '어떤 느낌이다.' 하고 제삼자의 입장에서 구경하는 수련입니다.

분심이 일어나면 '분심, 분심, 분심' 하고 속으로 말해보고, 다리가 저려 오면 '다리 저림, 다리 저림, 다리 저림' 하고 정확하게 그 느낌을 관찰합니다.

저는 개인적으로 이런 피정을 몇 차례 한 적이 있습니다. 새벽 3시에 기상해서 밤 9시에 자는데, 30분 앉고 30분 걷는 수련을 통해 그동안 제가 막연하게 해 오던 관상기도가 아주 구체화된 경험이 있습니다.

이제는 1시간 정도 거뜬히 앉아서 나의 마음과 생각의 동향을 관찰하며 생각과 느낌이 사라진 자리에서 주님과 만나는 은총의 시간을 쉽게 가질 수 있게 되었습니다.

"당신은 특별한 은혜를 입으셨습니까?"

"예, 오늘도 우리 하나님은 나를 믿고 아침에 태양을 뜨게 하신다는군요."

예, 다 아는 얘기일 것입니다. 하지만 누구나 다 느끼고 있는 것은 아니지요. 마치 술이라는 낱말을 머리로 알았다 해서, 술에 관한 논문을 수십 권 썼다 해서 술에 취하는 것이 아닌 것과 마찬가지지요. 술은 마실 때 취하는 겁니다.

그렇습니다. 내 살을 먹고 내 피를 마셔야 나와 상관이 있다고 주님께서는 말씀하셨습니다. 일단 해 보아야 합니다. 와서 보아야지요. 그냥 가지 않고 보는 것은 자기 생각을 보는 것일 수도 있습니다.

그러면 이제까지 앉아서 해 보셨으니까 일어나 걸으면서 해 보겠습니다. 이 수련은 마음과 몸의 동작 하나하나를 일치시키는 수련입니다. 그러니까 몸과 마음이 따로따로 분리된 나에게서 통합되는 경험을 하실 것입니다.

몸과 마음이 하나로 통합되는 일치 속에서 발견하는 세계는 놀라움이고 신비입니다. 그때 비로소 임마누엘의 세계가 또 어떠한가를 경험하게 될 것입니다. 그동안 하나님을 관념 속에서 자기 생각으로 한정해 놓고 추측하고 정의하던 것에서 벗어나 하나님을 하나님으로, 생생하게 살아 있는 기운으로 만날 것입니다.

자, 일어나 걸어 보세요.
잠깐 몸을 풀어 보겠습니다. 세포가 살아나고 근육이 풀어지도록……
손은 편안하게 내려도 좋고 앞으로 모아도 좋겠습니다.
걸음은 천천히, 아주 천천히 옮깁니다.
옮기면서 속으로 '왼발을 들어-앞으로-놓는다. 오른발을 들어-앞으로-놓는다.' 하면서 정성껏 걸어 보겠습니다.
10분 정도만 걸어 보고 느낌을 나누겠습니다.

그동안 우리는 머릿속에 입력된 대로 기계처럼 살아왔음을 보게 될 것입니다. 그러니 그동안 내가 걸은 것이 아니고 내가 숨쉰 것이 아니지요. 기계가, 로봇이 살아온 것입니다.

우리는 이것을 살았다 하나 죽은 삶이라고 말합니다.

깨어나십시오, 깨달으십시오. "저 백성이 자기가 하는 일이 무엇인 줄 모르고 하고 있으니 용서하소서."라고 주님께서는 마지막에 기도하셨습니다. 또 주님은 요한복음 4장에서도 "저들은 모르는 것을 예배하고 있다."고 말씀하셨습니다.

자, 이제부터는 알고 합시다. 무의식중에 했다는 말은 내가 한 것이 아니라 로봇이 한 것이니 내 인생에서 그것은 빼야 합니다.

자, 이제부터 앉아 있을 때는 코로 들어가는 들숨과 날숨을, 걸을 때는 걸음걸음을 알아차려서 생각에 이끌리고 감정에 사로잡혀 사는 노예의 삶이 아닌 죄와 허물의 기운에서 벗어난 하나님 아들로서 삶을 살아 봅시다.

나의 숨 안에 계시는 하나님 느끼기

눈을 가만히 감고 편안한 자세를 취해 보세요.

앞에서 수련하던 동작을 이번에는 아주 깊게 해 보려고 합니다. 코로 들어가는 들숨과 나오는 날숨 하나하나를 놓치지 말고 알아차려 보세요.

코로 들어가는 공기의 차갑고 가볍고 빠르고 신선함을 알아차려 보고, 나오는 날숨의 덥고, 습하고, 무겁고, 느림을 느낄 정도로 예민하게 흐름을 관찰합니다.

코로 들어가는 공기를 내가 마시는 것이 아니라, 하나님께서 내 코에 생기를 불어넣으실 때 비로소 내 허파가 움직이는 것이라는 생각으로 들숨과 날숨 하나하나를 정성껏 알아차립니다.

숨을 들이쉴 때에는 온 우주에 가득 찬 하나님께서 주시는 생기를 마신다는 생각으로, 내쉴 때에는 내 안에 있는 불순한 기운을 내 놓는다는 생각으로, 들숨과 날숨을 하나하나 헤아려도 좋습니다. 들이마셨다가 내쉬고 예수, 들이마셨다가 내쉬고 내 생명……. 계속해서…….

생각과 관념과 지식과 단어, 개념으로 알았던 하나님이 아닌, 숨 안에 계시는 하나님을 만날 수 있는 체험을 깨달아 알게 될 것입니다. 이 수련을 하게 되면 우리의 생명이 호흡에 달려 있음을 누구든지 쉽게 깨닫게 됩니다.

히브리인들도 호흡이 곧 생명이라고 했지요. 또 창세기에는 흙으로 사람을 지으시고 그 코에 생기를 불어넣으시니 생명이 되었다고 기록되어 있습니다. 이 수련을 하면 성령 안에 내가 거하는 것을 체험하고, 또 매일 매순간 하고 있는 호흡의 신비를 알게 될 것입니다.

자, 다시 한 번 해 봅시다.

그냥 로봇처럼 호흡하지 말고 한 숨 한 숨을 깨어 알아차려 보면서 들이쉴 때는 하나님의 기운이 들어오고 있음을 의식하십시오. 그분이 들어오시면서 가져다주는 그 거룩한 에너지를 온몸에 가득 채우십시오.

숨을 내쉴 때, 자신의 온갖 더러움, 두려움, 싫음, 분노……. 부정적 느낌들이 나가는 것을 상상하십시오.

그래서 점점 정화되어 가는 자신의 모습을 상상해 보세요. 마음이 깨끗해지고 활기가 넘치고 순발력 있는 모습으로 변해 가는 자신을 상상해 보세요. 성령으로 충만하여 마음은 맑고, 얼굴은 밝고, 아랫배는 생명으로 든든하게 사는 자신의 모습을 상상해 보세요.

분심이 들어오면 없애려고 하거나 내치지 말고 그냥 '분심, 분심' 하고 바라보면서 하나님의 기운 속에 잠잠히 머무릅니다.

변화는 나의 결심으로 되는 것이 아닙니다. 변화는 하나님 안에 있으면 저절로 일어나는 은총인 것입니다.

중요한 것은 많이 생각하는 것이 아니라 많이 사랑하는 것입니다.

너희는 내 사랑 안에 머물러 있어라. (요한복음서 15:9)

들숨과 날숨 알아차리기

어떤 사람은 요즘의 교회의 영적 상태를 '바람 빠진 타이어' 같다고 말합니다. 프뉴마($\pi\nu\varepsilon\upsilon\mu\alpha$, 바람, 호흡, 생명, 성령) 즉 생기가 없다는 것입니다. 하나님께서 처음 사람인 아담을 흙으로 지으시고 그 코에 생기를 불어넣으시니 생령이 되었다는, 바로 그 하나님의 입김을 느낄 수가 없다는 것입니다.

어린아이가 어머니의 입김을 받아야 하는 것처럼 교인들도 하나님의 입김을 쐬어야 하는데, 그렇지 못해 바람 빠진 타이어처럼 쭈그러져 굴러가지 못하는 맥 빠진 신앙생활이 되고 말았다는 얘기겠지요.

그래서 오늘은 그 하나님이 입김인 프뉴마를 느껴 보는 수련을 안내할까 합니다.

하나님에 대한 지식이 아무리 많다 해도 하나님이 지금 나의 생활에 빛과 힘이 되지 못한다면, 그것은 살아 계신 하나님과 아무 상관이 없는 것입니다. 검은 고양이든 흰 고양이든 쥐를 잡는 것이 중요하지, 그 고양이 색깔이 뭔지, 어디 산인지, 크기가 어떤지는 부수적인 것입니다. 마치 물에 대한 지식이 많아도 그 물을 내 입으로 마실 때에만 나의 목을 축일 수 있는 것과 같다 하겠습니다.

모든 성경 말씀이 다 나에게 하나님 말씀일 수는 없습니다. 그 많은 말씀 가운데 나에게 빛이 되고 힘이 되는 그 말씀이 바로 나에게 하나님의 말씀이 되는 것입니다. '로고스'가 아니라 '레마'라야 된다는 말이지요.

십자가도 그렇습니다. 예수 십자가, 예수 부활을 아무리 숭배해 보았자 그 숭배가 나의 변화에 무슨 빛이 되며 힘이 되겠습니까? 깨달음이 없는 종교, 즉 숭배나 예배나 예물이나 절하는 것에 그치는 종교는 저등 종교입니다.

깨어나야 합니다. 깨어나서 숭배가 아닌 제자도의 실천, 즉 예수 그리스도를 따르는 삶을 살 때 그것이 참 제자요 참 종교인이 아니겠습니까?

어떻게 하면 일상에서 하나님의 현존을 느끼며 하나님의 영적 기운 속에서 바람 빠진 타이어가 아닌 탱탱한 타이어로 살아갈 수 있을까요? 건조한 삶이 아닌 촉촉한 삶으로 말입니다.

하나님을 머리로 아는 것도 좋지요. 지식 영역도 하나님의 통치 영역임이 분명하니까요. 하지만 실제 삶 속에서는 그것이 그렇게 큰 힘이 되지 못한다는 것입니다.

자전거 타는 것을 책으로 배우거나 강의로 배울 수 있을까요? 그것을 배우는 최선의 길은 타 보는 것입니다. 이렇게 할 때 아무리 세월이 흘러도 잊어버리지 않는 것입니다. 그렇습니다. 몸으로 하나님의 기운을 한 번만 느껴 보면, 바로 그 기운과 법 속에서 살아갈 수밖에 없는 것입니다.

자, 그럼 연습에 들어갑시다. "경건에 이르는 데 연습을 게을리 하지 말라."고 성경은 말씀하고 있습니다. 영성은 연습입니다. 일상에서 깨어나기입니다. 일상의 삶에서 어떻게 하면 하나님의 현존을 느끼고 그의 신성 안에 머무를 수 있을까 하는 것입니다. 그래서 영성은 분위기라는 말을 하는 것입니다.

지금 무슨 일을 하든지 그대로 계속하십시오.
그러면서 들리는 소리를 알아차립니다.
보이는 것들도 알아차립니다.

그러면 금방 찾아오는 고요가 있습니다.

영성은 연습입니다.
일상에서 깨어나기입니다.
일상의 삶에서 어떻게 하면
하나님의 현존을 느끼고
그의 신성 안에 머무를 수 있을까
하는 것입니다.

진리의 사랑은 거룩한 한적(고요)을 찾고
사랑의 부름은 마땅한 일을 맡는다고 했습니다.
찾아온 고요를 느껴 보시지요.
일부러 한적을 만들어 보시지요.
그러면서 자기의 들숨과 날숨을 알아차리십시오.
오늘 이 수련의 핵심은 그냥 활동을 계속하면서
들숨과 날숨을 알아차리는 것입니다.
단지 앉거나 서서 하는 것이 아니라 활동 중에 하는 것이
오늘 수련의 요점인 것입니다.
아침에 일어나면서부터, 밥 먹으면서, 화장실에 가서도
계속 들숨과 날숨 그 사이를, 간격을 알아차리는 것입니다.
보라는 것입니다. 주시하는 것입니다.
차를 타고 가면서도, 말을 하면서도, 사무를 보면서도,
일을 하면서도, 차를 마시면서도……．

앞장에서는 그냥 앉아서 호흡 속에 계신 하나님을 느꼈는데,
오늘은 왜 활동하면서 하느냐고요? 활동 중에는 그 무엇에 빠져
마음이 이리저리 분산되기 때문입니다. 하기야 대부분의 사람들
은 마음이 분산되어 있는지조차 모르고 살고 있지요.

그래서 자기가 하고 있는 일과 마음이 늘 따로따로 노는 것입니다. 그렇게 일하니 피곤하고 지루할 수밖에요. 어떤 영성가는 그런 삶을 살았다 하나 죽은 삶이라고 말합니다.

자, 다시 한 번 연습합니다.

활동을 그대로 하면서 놓치지 않고 하는 것은 오직 호흡, 들숨과 날숨 그 사이를 알아차리는 것입니다.

반찬을 만들면서, TV를 보면서, 음악을 감상하면서, 글을 쓰면서, 심지어는 싸우고 화 에너지를 동원하면서……. 부부가 진하게 만나는 자리에서까지도…….

아침부터 저녁 잠자리에 들 때까지, 자기의 들숨과 날숨 사이를 알아차려 봅니다.

며칠만 이 수련을 하면 엄청난 변화를 경험하실 것입니다. 아니 엄청난 변화라는 천사가 여러분 가슴에, 생활에 찾아올 것입니다.

숨은 숨 님, 바로 프뉴마 성령님이지요. 단지 공기가 코로 들어왔다 나갔다 하는 운동만은 아니라는 것입니다. 코 바깥에 있는 공기를 바람이라고 하고 코 안에 들어오면 숨이라고 합니다. 고로 생명은, 바람이 숨이 되고 숨이 바람이 되는 것입니다. 그러니 바람과 숨, 숨과 바람은 결국 같은 것이 되는 것입니다.

최남선 박사는 이 바람이라는 말이 브라만에서 왔다고 했습니다. 그러니 바람과 숨은 결국 같은 것이지요. 바람은 브라만, 숨은 아트만. 그러니 범아일여(梵我一如)인 것이지요. 그 들어오고 나가는 균형이 맞을 때 건강한 육체, 건강한 정신, 바로 생명인 것이지요.

더 나아가서 지금 들어오는 숨 속에 우리 주님 예수께서 부활하신 후 숨을 내쉬면서 "평안하라."고 했을 때의 그 숨이 들어 있을까요, 없을까요? 있지요. 생각이나 추측이 아닌 사실이지요. 그러고서 한번 호흡 사이를 느껴 보시지요.

그뿐만이 아닙니다. 처음 사람 아담에게 불어넣었던 바로 그 숨도 있겠지요. 모세가 내쉰 숨, 이사야가 내쉰 숨, 바울이, 요한이, 프란체스코가, 루터가, 김유신이, 세종대왕이, 퇴계가. 그럼 부처가 내쉰 숨은요? 있지요. 공산주의자의 것은 뺄까요? 뺄 수가 없지요. 아마존 강이나 아프리카의 풀이나 나무가, 쥐라기 시대의 공룡이…….

그래요. 정말 그렇습니다. 지금 내 코에 들어오는 이 바람은 숨이 되는데, 그 안에는 그동안 지구를 방문했던 모든 사람, 모든 식물, 모든 동물이 내쉰 숨이 들어 있지요.

그럴 수는 없지만 만약 그 숨들을 내쉬지 않고 그냥 갖고 있었다면, 지금 우리가 마실 바람, 숨이 없지 않을까요? 어쩌면 이 상태가 바로 하나님과 함께하는 것이 아닐까요?

자, 지금 내 코에 들어오는 바람이 바로 그런 바람임을 의식하면서 지금 하고 있는 활동을 계속하며 들숨과 날숨, 그 사이를 알아차려 봅니다.

꾸준히 연습하는 성실한 자세밖에는 없습니다.

그 자세, 태도가 바로 영성생활입니다.

자, 계속 알아차립니다. 들숨과 날숨, 그리고 그 사이를.

우리 사람은 두 가지 차원을 갖고 있는데, 그것은 곧 행위의 차원과 존재의 차원입니다. 사람에게는 행위 영역과 존재 영역이 있지요. 원의 둘레와 중심축이라고 할까요. 원의 둘레는 의식의 겉층인데 그곳은 활동 영역이므로 움직입니다. 그것이 본성입니다.

그러나 중심축은 움직이지 않습니다. 그저 있음으로 충만해 있습니다. 그 중심축에서 움직이는 가장자리를 보십시오. 그러면 나의 활동들이 하나하나 보일 것이고, 보이면 알게 될 것입니다. 내가 활동하는 것이 아니라 활동이 하나의 나의 역할, 배역을 맡은 연기(演技) 정도로 말입니다.

들숨과 날숨 그 사이를 놓치지 않고 알아차리면 나의 행동들이 연기로 잘 보이는데, 그렇지 못하고 호흡을 놓치면 금방 역할 내지는 연기와 내가 동일시되어 고통을 느끼게 됩니다. 고통은 느낌과 생각을 나와 동일시하는 데서 오는 것입니다.

이때 찾아오는 고통은 깨어나 보면 은혜입니다. 호흡 사이를 보지 못하고 있음을 알아차리게 해 주는 선생이요, 거울이요, 하나님의 손길이 되는 것입니다.

그대 자신은 중심의 축입니다. 중심이 있어 가장자리는 마음대로 활동하는 것입니다. 중심축이 빠지면 바퀴는 더 이상 바퀴가 아니고 산산조각이 날 것입니다. 뿐만 아니라 활동이 있어야 중심축이 축으로 있음을 알아차릴 수 있는 것입니다.

일주일 정도만 작정하고 이 수련을 집중적으로 해 나가면 정말로 엄청난 변화를 경험하실 것입니다. 그대가 살아왔다고 하는 것이 하나의 역할, 연기였지 바로 그대 자신이 아니었음을 알아차리게 될 것입니다. 다시 말해, 그동안 자신이 살아온 것이 바로 존재와는 거리가 먼 딱지에 지나지 않았음을 느낄 것입니다. 그동안 딱지 따먹기 하느라 우리는 얼마나 지쳐 있는지요.

하나의 연기, 배역인데 그 배역과 자신을 동일시하는 정말 우스운 일을 계속하고 있고, 또 그래 왔던 것입니다. 사람은 반드시 거듭나야 한다는 것이 예수님의 인간 테마였습니다.

그동안 나 자신이라고 알아 온 것들은 이 사회가, 환경이, 문화가, 종교가, 국가가 부여했던 배역에 지나지 않는데, 그 배역을 잘하면 인생의 성공, 못하면 인생의 실패라고 생각하고 살았으니 정말 끔찍하지요. 내가 단지 그 역할, 배역을 못한 것뿐인데 인생 전체를 실패로 알고 산다니 끔찍하지 않나요?

자, 깨어나십시오. 깨어나면 그것들을 마음대로 할 수 있지만, 깨어나지 못하면 그것들이 나를 마음대로 합니다.

또 이 수련 방법을 확장해서 하나 더 안내할까 합니다.

저는 수련을 많이 했다는 사람들의 얼굴이 굳어 있고 심각한 표정을 짓고 있는 것이 이해가 되지 않았습니다. "참 이해가 안 되는구나 하고 이해를 해야겠네요. 이해 안 되는 것은 없지요. 아멘?"

성령받았다고 하는 사람들이 얼굴에 웃음이 없고 무겁고 근엄한 얼굴을 하고 있는 것이 이상했습니다. 얼굴은 얼의 울이니, 수도를 하거나 성령을 받은 얼이 그럴 수가 없지요. '해피 룩'(happy look)이어야 하지 않을까요? 웃는 얼굴 말입니다.

얼마 전 저는 웃는 예수상을 발견하고 그날 종일 얼마나 행복했는지 모릅니다. 그동안의 예수상은 늘 근엄하고 심각하고 무섭고 딱딱했었습니다. 여하튼 제가 본 것은 그랬습니다. 그런데 정말 우연히 웃는 예수상을 만난 것입니다. '해피 룩'의 예수상입니다.

들숨과 날숨, 그 사이를 알아차리십시오.

들리는 소리, 보이는 것을 판단, 분별없이 이름 붙이지 않고 듣고 봅니다.

자신의 행동들을 웃으면서 봅니다.

미소 지으면서 말입니다.

이것이 잘 안 되면 들숨에 지금, 날숨에 여기를 붙이고 그 사이에 머무르며 순간의 경이를 느껴 봅니다.

'들숨에 지금, 날숨에 여기, 웃는 얼굴로 나는 이 순간의 고요를 느낍니다.' 하고 속으로 말합니다.

속으로 말을 하면서 계속 지금, 여기를 붙이면서 기도를 해 나갑니다.

얼굴은 웃는 얼굴로.

미소 한 번으로 수백 개의 얼굴 근육이 풀어진다고 합니다. 그러면서 존재 차원에서 활동의 배역들을 보는 재미를 느껴 보시지요. 지구에 소풍 온 것을 모르고, 땅 따먹기, 구슬치기만 하다 갈래요? 땅 따먹기, 구슬치기에 빠져 있을 때 언젠가는 선생님의 호루라기 소리가 납니다. 이제 소풍 끝났으니 집에 가자고…….

"그래, 소풍 가서 무엇을 보고 느끼고 왔니?"하고 물을 때, "땅 따먹기, 구슬치기하다 왔다."고 대답하는 어리석은 삶은 이제 그만하시고, 소풍 왔으니 냇물에다 발도 담그고, 조약돌도 줍고, 물고기도 잡고, 단풍도 모으고 그러시길 바랍니다.

그래요. 삶은 풀어야 할 문제가, 그 무엇을 이루고 가져야 할 과제들이 아닙니다. 삶은 신비로 느끼고, 경험해야 할 하나님의 선물들로 꽉 차 있습니다.

노 프라블럼(No problem)!

호흡과 몸을 통한 하나님과의 대화

하나님 느끼기

기도에는 묵상기도, 관상기도, 대화기도가 있다고 했습니다. 묵상기도는 하나님에 대해 생각하는 것이고, 관상기도는 하나님 안에 머물러 그의 신비를 느끼는 것이며, 대화기도는 하나님께 말씀드리는 것입니다.

또 어떤 사람은, 기도는 신심(信心)기도와 직관(直觀)기도라고 설명하기도 합니다. 직관기도는 바로 관상기도를 말하는 것이고, 신심기도는 그동안 우리가 보통 해 오던 말하는 기도입니다.

어느 것이 더 좋은 기도라고 말할 수는 없지만 상황에 따라, 경우에 따라 어떤 식으로든지 기도할 수 있는 사람이 되어야 하지 않겠습니까? 여기서 우리가 깨어 있어야 할 것은, 기도는 생각에서 마음으로, 즉 머리에서 가슴으로 옮겨 가야 한다는 것입니다. 머리는 기도하는 데 있어서 그렇게 좋은 곳이 되지 못합니다.

자리를 바르고 편하게 해 보겠습니다.

잠시 호흡을 알아차려 보세요.

물속에 있는 물고기가 목이 말라 죽었다는 말이 있습니다. 어쩌면 그동안 하나님을 찾아 이리저리 헤맨 우리의 모습을 말하고 있는 것이 아닌가 합니다.

천국은 이곳이나 저곳에 있는 것이 아닙니다. 천국은 그렇게 오고 가는 곳이 아닙니다. 천국은 내가 있는 지금 여기에 있습니다. '이곳에서 여기로'의 여행을 경험하신 분은 느끼실 것입니다.

지금 이 분위기 속에 계시는 하나님을 생각이 아닌 느낌으로 알아차려 보겠습니다.

숨 쉬고 있는 공기 속에 들숨과 날숨 사이에 계시는 하나님을 알아차려 보세요.

그분의 사랑과 살아 있음을…….

이때 내 느낌은 어떤지 유의해서 찾아봅니다.

그런 느낌 속에서 하나님께 자기 자신을 표현하는 것입니다.

말은 하지 않고, 손으로, 호흡으로, 얼굴로, 몸으로 천천히 그분께 표현합니다.

그분을 향한 감사, 기쁨, 고마움…….

그분을 향한 슬픔, 억울함, 호소……. 표현해 보세요. 움직여서.

기도는 어떤 때는 하고, 어떤 때는 안 하는 그런 행위가 아닙니다. 기도는 삶입니다. 그래서 항상 기도하라고 했습니다. 이 말씀이 저에겐 그동안 아주 무거웠습니다. 항상 기도하라고 했는데 어떻게 항상 기도를 할 수 있을까 하고 말입니다.

기도는 하고 안 하고 하는 행위 차원이 아니라 기도 상태에 사느냐 그렇지 못하느냐 하는 존재 차원이었습니다.

이제는 앉고 일어섬, 걸음, 웃음 하나하나가 내가 깨어 할 수 있는, 그러니까 몸과 마음이 하나된 충만한 세계에 사니 얼마나 신비한지 모릅니다. 삶은 신비요, 은총입니다. 삶은 사랑이고, 사랑은 나의 삶입니다. 하나님은 정말로 좋은 아버지이십니다.

자, 호흡과 몸으로 하는 기도를 한 번 더 해 봅시다.

지금 자기 마음을 표현할 수 있는 자세로 다시 시작해 보겠습니다.

무릎을 꿇으셔도 되고, 엎드리거나 누워도 좋고, 하나님의 살아 계심을 느끼며, 그 느낌에 따라 호흡하며 그분을 향해 몸으로 나를 전합니다.

손가락 하나하나의 움직임을 알아차립니다.

눈동자 하나하나의 움직임을 알아차립니다.

얼굴 표정 하나하나의 움직임을 알아차립니다.

또 이 기도는 그룹으로도 가능합니다. 성경 공부를 함께 마치거나, 수련회 혹은 예배가 끝난 후에 그 주제를 몸으로 아버지께 표현하는 기도입니다. 대체적으로 두 그룹, 혹 셋, 넷으로 나누어 하는 것이 좋습니다. 하고 난 후에는 관찰한 조에서 얘기를 해 주면 더욱 역동성이 생기게 됩니다.

한 사람이 몸으로 표현하고 있으면 거기에 이어서 다음 사람이 몸으로 기도를 이어 줍니다. 기도를 마친 후 전부 한 덩어리가 된 몸들이 어떻게 하나님을 향하고 있는가를 보면 신기한 것을 느끼게 될 것입니다.

이때 찬송이나 복음성가를 틀어도 좋고 관련된 성경 말씀을 읽어도 아주 좋습니다.

저는 이 경험을 어느 여름수련회에서 해 보았습니다. 남성과 여성에 관한 주제였는데, 남성들이 여성에게 했던 그동안의 학대를 표현하고 용서를 비는 기도를 드리며 회개하던 눈물이 지금도 생생합니다.

이어 이것을 본 여성들의 몸기도가 있었는데, 남성들에 대한 사랑 없음을 시인하고 사랑스런 아내상을 표현하며 몸으로 기도하는 여성들의 모습 또한 장관이었습니다. 뭉클한 느낌으로 다가왔던 그 기도가 지금도 생생합니다.

소리 속에서 고요 찾기

소리로 인해 기도가 방해를 받을 때가 있을 것입니다.

너무 지나치게 시끄러워 고막이 터질 정도면 모르겠지만 전화 소리, 시계 소리, 발자국 소리, 차 지나가는 소리 정도는 기도를 못할 정도로 방해가 되는 것은 아닙니다.

우리는 자기가 듣고 싶은 소리만 들으려고 하기 때문에 다른 소리는 소음으로 판단하고 밀어내거나 안 들으려고 애를 쓰게 됩니다. 애를 쓸수록 에너지가 그쪽으로 쏠리기 때문에 관상기도는 그만 그르치기 십상입니다.

그럴 때는 소리를 다 듣습니다. 그냥 듣습니다. 들려오는 소리를 다 듣는다는 마음가짐으로 다음과 같이 수련을 해 볼 수 있습니다.

눈을 감으십시오.

엄지손가락으로 귀를 막고 나머지 손가락으로 눈을 가리십시오. 이제는 주위의 소리가 들리지 않을 것입니다.

자신의 숨소리에 의식을 기울입니다. 10번 정도 긴 호흡을 한 후, 조용히 손을 얼굴에서 떼어 무릎에 놓습니다. 눈은 감은 채로 있습니다. 지금부터 들려오는 소리 하나하나를 구분해서 듣습니다.

크게 들려오는 소리
작게 들려오는 소리
가까이서 오는 소리
멀리서 오는 소리

·
·
·

이제는 구별하지 말고 그냥 다 듣습니다.

이 방법은 아침에 일어나서 영성체조를 할 때 몸이 깨어나는 소리를 하나하나 듣는 수련으로도 응용할 수 있습니다. 저의 경우는 공동체 가족들과 함께 몸을 깨우고 몸을 조율하는 체조로 하루를 시작합니다. 밤 동안에 굳은 몸을 풀어 주고 활동을 준비케 하는 간단한 운동입니다.

이때 다리를 올릴 때는 다리 소리를…….

허리를 돌릴 때는 허리 소리를…….

·

·

·

몸의 소리를 듣습니다.

깊게는 배를 만지면서 내장의 소리들도 예민하게 들어 봅니다.

수련회에 와서 영성체조를 하다 보면 거의가 몸이 굳어 있고 유연하게 움직이지 않아 고통스러워하는 모습을 봅니다. 그때 제가 하는 말이 있습니다. '성전(몸) 관리 소홀죄'로 고발해야겠 다고요. 그동안 우리는 머리의 욕심대로 몸을 사용해서 몸이 많이 망가져 있음을 봅니다. 영성생활은 일상생활입니다. 잘 먹고 잘 자고 잘 놀고 일 잘하고……. 그런 것입니다. 그러려면 성전 관리는 필수입니다.

동양의 한 성인은 몸의 필요를 느끼고 그에 따라 사는 것이 도 (道)라고 했습니다. 몸의 필요가 무엇인가를 알려면 몸의 소리부 터 들을 수 있는 귀가 열려야 하지 않겠습니까?

그럼 같이 또 한 번 수련해 보겠습니다.

눈을 감습니다.

귀를 막고 숨을 깊게 5번 정도 쉽니다.

귀에서 손을 떼고

들려오는 소리 하나하나를 들어 봅니다.

바람 소리, 풍경 소리, 자동차 경적 소리, 아파트 방송 소리…….

이제는 들려오는 소리를 전체로 다 듣습니다.

몸으로 옮겨 봅니다.

숨소리로부터 시작합니다.

그동안 얼마나 가쁜 숨을 쉬었는지.

들어 달라는 숨소리를 그동안 얼마나 모른 척하고 살았는지…….

코…….

눈…….

귀…….

하나하나 고마움을 느끼면서 소리를 들어 봅시다.

그리고 충분히 느껴 봅니다. 충분히…….

오늘은 참고로 관상과 집중의 차이를 살펴보겠습니다.

기도는 집중이 아니라는 말부터 해야겠습니다. 집중은 마음을 좁혀 들어가서 마음을 한곳에 모으는 것입니다. 집중의 대상이 되는 것 이외에는 모두 배제됩니다.

그러나 관상은 모두를 포함하고 아무것도 배제하지 않습니다. 관상은 마음을 좁혀 들어가는 것이 아니라 오히려 의식의 깨어 있음이요, 확대입니다. 집중은 정신세계와 관계되고, 관상은 의식, 즉 영성세계와 관계된다 하겠습니다.

집중은 마음의 상태이지만 관상은 무심의 상태, 즉 생각이나 느낌, 마음이 사라진 상태입니다. 나도 없고 세상도 없고, 주님의 영광만 가득한 세계라고나 할까요.

집중은 의지 영역이고, 노력의 세계이므로 오랜 시간 지속하기 힘듭니다. 그러나 관상은 그렇지 않습니다. 긴장이 아니라 이완이고, 조급함이 아니라 느긋함입니다. 안식의 세계입니다. 그래서 항상 기도하라는 말은 생각이나 노력으로 어떤 대상에 집중하라는 것이 아니라 이런 평안함의 세계에서 '사실은 무엇일까? 현실은 어떨까?' 하고 관찰하는 삶을 말합니다.

제대로 볼 때 제대로 들을 수 있고 그때서야 비로소 올바른 참여, 창조적인 동참이 되는 것이 아니겠습니까? 바라본다는 것은

집중은 마음의 상태이지만
관상은 무심의 상태, 즉 생각이나 느낌,
마음이 사라진 상태입니다.
나도 없고 세상도 없고,
주님의 영광만 가득한 세계라고나 할까요.

단지 구경꾼으로 남는 것이 아니라 올바른 참여자가 되기 위한 준비인 것이지요.

하나님은 내 생각으로 와서 내 생각이나 내 경험 안에 갇혀 있으실 그런 작은 분도 아니고, 꼭두각시는 더더욱 아닙니다.

하나님은 언제나 오늘이나 영원토록 동일하시며 살아 계신 분입니다.

많은 분들이 실제 하나님이 아닌 생각 속의 하나님, 즉 개념이나 관념으로 하나님을 말하고 주장하고 있습니다. 거기에는 옳은 하나님과 그른 하나님이 있기 마련이고 논쟁과 이단 정죄가 당연히 있겠지요.

"하나님은 우리가 알지 못할 분이십니다. 그러니까 그분에 대해서 내가 안 것이 있는데 그것은 그분을 모른다는 것입니다." 이것은 《신학대전》을 쓴 토마스 아퀴나스의 마지막 고백인데, 그는 그것을 깨닫고 침묵으로 들어갔다고 합니다.

그분은 우리가 다 고찰할 수 없는 분입니다. 고로 하나님은 연구하고 공부하는 분석의 대상이 아니라, 사랑의 대상입니다. 성경 말씀에는 하나님을 연구(study)하라는 말이 없어요. 하나님을 사랑하라고 했지요. 그것도 마음을 다해서, 성품을 다해서, 힘을 다해서, 뜻을 다해서, 다해서 말입니다.

수도승 한 사람이 산속에 은둔해 사는 수도자를 찾아가 묻습니다.

"지옥이 있습니까?"

"지옥이 정말로 있습니까?"

그는 대답 대신에 질문을 합니다.

"그대가 지금 어디에 살고 있다고 생각하십니까? 그대는 지금 어디에 있습니까? 하나님이 어디 있느냐, 지옥이, 천국이 어디 있느냐고 묻지 마십시오. 하나님이 어디 계신가를 묻는 내가 어디 있는지를 물어보십시오. 올바른 물음을 하는 것이 지혜에 이르는 첩경이지요."

그렇습니다. 지금 내가 어디 있는지도 모르면서 하나님이 어디 있다, 천국이 어디 있다 하는 것은 무지한 것이고 교만한 것이지요.

들을 귀 있는 사람은 들을 것입니다.

아침 맞이하기

아침에 일어나기가 어떻습니까? 개운한가요? 아니면 몸이 천근 만근인가요? 몸무게는 같은데 어떤 때는 가볍고 어떤 날은 왜 무거울까요? 오늘은 상쾌한 아침을 맞이하는 수련 몇 가지를 해 볼까 합니다.

우리는 교회에 다니면서 참 많은 것을 배우고 느끼며 성장하 는데, 제가 영적 안내를 하다 보니 빠진 것이 있음을 알게 됐습 니다. 그것은 영적 원리에 맞게 살도록 삶을 구체적으로 안내하 는 것이 적다는 것입니다. 이것이 저에게만 해당되는 것인지는 몰라도 라이프스타일(life style)이 하나님을 믿지 않는 사람과 별 로 다를 게 없다는 것 또한 그렇습니다. 다 달라야 하는 것은 아 니지만 그래도 영적 추구를 하는 사람이라면 먹고 입고 자고 하 는 그런 기본부터 시작해서, 듣고 보고 말하는 것이 달라야 하지 않겠나 싶습니다. 하기야 성경책 갖고 주일날 교회 가는 것도 다 른 것이긴 합니다. 또 밥상 차려 놓고 기도하는 것도 다르고요.

자, 오늘은 우리가 어떻게 하면 상쾌한 아침을 맞이할 수 있을지 연습해 봅시다. 영성은 연습입니다. 바울도 경건 연습을 힘쓰라고 했습니다. 영성은 연습 없이 될 수도 없고 되지도 않습니다.

사람마다 차이는 있을지 몰라도 영적 성장의 지름길은 연습입니다. 그것도 쉬지 않고 부단히 조금씩 조금씩 해 나가다 보면 이미 체득되어 생활과 하나가 되어 있음을 발견하실 것입니다. 또 이미 발견하고 그 가운데서 자유를 노래하며 살고 있는 분도 계실 것입니다.

신발을 돌려놓는 일이 처음에 저에겐 참 어려웠습니다. 늘 잊어버리고 알아차리지 못하고 구습에 젖어, 하던 대로 했습니다. 그러나 다시 연습하고 연습해 이제 그것만큼은 자연스럽게 되었습니다.

집에서 청소하는 일도 그렇습니다. 처음에는 어색하고 '이거 내가 꼭 해야 하나.' 하는 생각 때문에 부담스러운 짐으로 생각했는데, 자꾸 연습하다 보니 이제는 하나님께로 가는 하나의 길이 되고 말았습니다. 이름하여 성자 되는 첫걸음입니다.

1. 상쾌한 아침을 맞이하겠다는 다짐을 합니다

그러면 어떻게 상쾌한 아침을 맞이할 수 있을까요? 맨 먼저 마음으로 다짐을 하는 것에서부터 시작합니다. '나는 이제 내일부터 아침을 상쾌하게 맞이하겠다.'고 여러 번 큰 소리로 거울을 보면서 외쳐 보고, 또 글씨로 큼직하게 써서 붙여 볼 수도 있습니다. 또 가족들에게 친구들에게 소문을 내십시오. "나 이제 아침을 상쾌하게 맞이할 것입니다."

그러려면 저녁 늦게 먹는 것을 삼가야겠습니다. 최소한 잠자리에 들기 3~4시간 전에는 딱딱한 음식을 피해야 합니다. 그리고 잠들기 전에 몸을 풀어 주는 가벼운 운동을 하십시오. 허리도 풀어 주고, 어깨도 풀어 주고, 목도 풀어 주고, 다리도 풀어 주고……. 그리고 샤워를 합니다. 샤워는 천천히 몸과 마음을 느껴 가면서 더운물, 찬물 바꿔 가면서….

침대나 펴 놓은 이부자리에 앉아 잠시 관상기도를 합니다. 들리는 소리 다 듣고, 들숨과 날숨을 알아차리고, 몇 번이고 깊고 길게 하는 것도 좋습니다.

그리고 하루 일을 생각하면서 그 생각과 느낌을 봅니다.

숨을 들이마시면서 예수, 내쉬면서 내 생명……. 이때 조용한 음악을 켜 놓고 그냥 가만히 있어 보는 것도 좋겠고, 촛불을 켜고 전깃불을 끄는 것도 분위기를 만드는 데 아주 유익합니다.

이렇게 하다 보면 마음이 가라앉고 맥박은 느려지고…….

그대로 누우면서 생각이나 어떤 일의 궁리에 끌려가지 말고, 그런 것들을 보고 호흡만 알아차립니다. 그리고 바라봅니다. 잠자고 있는 자신을, 잠들어 있는 자신을 바라봅니다. 관조합니다. 그렇게 바라보다 보면 깊은 잠 속으로 들어갈 것입니다.

이제 하나님께서 알아서 그대의 코에 숨을 불어넣으시고 또 빼 가셔서 온몸을 생기로 가득 채워 갈 것입니다. 하기야 깨어 있을 때도 이건 하나님께서 알아서 해 주셨지요.

그럼 아침에는 어떻게 상쾌하게 일어날 수 있을까요?

2. 깨자마자 벌떡 일어납니다

아침에 잠에서 깨면 싫은 느낌에 사로잡혀 있지 말고 벌떡 자리를 털고 일어나는 방법입니다. 이것은 제가 초창기 수련 때 많이 사용했던 방법입니다. 도대체 싫은 느낌이 어디서 오는지를 알 수가 없더라고요. 그래서 찾은 것이 그 싫음이 오기 전에 벌떡 일어나 창문을 열고 움직이는 것이었습니다. 이것을 연습하다 보면 정말 신기하게도 일어나는 것이 그리 어렵지 않음을 다 경험하실 것입니다.

3. 깨어 오는 느낌과 생각들을 하나하나 알아차리면서 신비감을 느껴봅니다

또 하나는, 제가 요즘 하고 있는 것인데, 아직 잠이 덜 깬 상태에서 눈을 뜨려고 애쓰지 않고 깨어 나오는 하나하나를 알아차리는 것입니다. 눈을 억지로 뜨려는 데서 힘이 들고, 또 그 좋은 잠에서 깨면서 오는 신비를 그냥 놓치고들 있거든요.

들려오는 소리가 있으면 듣고, 안에서 흐르는 에너지들을 느껴 보세요. 생각이 일어나면 그 생각과 함께 판단과 분별없이 여행을 해 보세요.

또 잠이 오려고 하면 기지개를 켜고 온몸을 쭉 펴면서 소리도 내 보고, 또 그 소리를 들어 보고, 바닥에 붙어 있는 몸을 알아차려 봅니다. 그러면서 손바닥과 손바닥, 손으로 얼굴을, 손으로 온몸을 만져 주고 비벼 주면서 느껴 보세요. 그리고 아내나 남편의 어깨도 주물러 주고 또 얼굴을 좀 들여다보고요.

4. 싱긋싱긋 혹은 소리 내어 활짝 웃으며 일어납니다

이때 할 수 있는 또 하나가 웃는 것입니다. 눈을 감은 채로 누워서 그냥 웃는 것입니다. 소리 내어 웃을 수도 있고 아니면 그냥 소리 없이 싱긋싱긋 웃는 것입니다. 이때 신선한 기분이 온몸에 감도는 것을 느낄 것입니다.

그리고는 샤워를 하든가, 산책을 하든가, 기도를 하든가, 청소를 하든가 자기 형편에 맞는 순서대로 아침을 맞이하는 것이 어떻겠습니까?

우리 집 논밭이야 돈 주면 품을 사서 가꿀 수 있지만, 내 마음의 밭은 그 누구에게도 맡길 수 없고, 미룰 수가 없습니다. 목사님이나 영적 스승이나 심리치료사나 그 어떤 프로그램이 해 줄 수 있는 것도 아닙니다. 모두가 달을 가리키는 손가락에 지나지 않습니다.

교회당 건물이야 사찰집사를 두면 관리가 되겠지만 사람의 손으로 짓지 않은 성전인 마음과 몸 관리는 내가 하지 않으면 그 누구에게 부탁할 수도 또 맡길 수도 없는 것입니다.

영성생활은 무슨 거창한 것이 아닙니다. 일상에서 하는 것을 깨어나서 알아차려 가지고 내가 무엇을 하는지를 아는 것입니다. 믿음과 생활이, 하늘가 땅이, 하나님과 내가 하나임을 아는 것이 영생이지 뭐가 영생이겠습니까? 그 영원한 생명을 사는 것이 주야지도(晝夜之道)가 되어야겠습니다.

수련장에서는 되고 집에 오면 안 되고, 교회에서는 되고 직장에 가면 안 되는 그런 것이 아닙니다.

일이관지(一以貫之)입니다. 연습입니다 연습. 가다가 그만두면

간 만큼 손해가 아닙니다. 간 만큼 간 것이겠지요.

상쾌한 아침
상쾌한 하루
상쾌한 한 달
상쾌한 일 년
상쾌한 인생

·
·
·

진지 알아차리기

영성은 관념이나 이론이 아닙니다. 영성은 실제적이고 효과적인 삶입니다. 제가 안내하고 싶은 영성은 일상에서의 깨어남입니다. 그래서 영성생활 수련회에서는 아침청소를 '성자 되는 첫걸음', 설거지를 '성자 되는 둘째 걸음' 하면서 수련 테마로 삼고 있습니다.

성현들은 평범한 것이 '도'(道)라고 했습니다. 도가 무엇이냐 물으니, 밥 먹고 잠자는 것이 도라고 대답하였다고 하지 않습니까? 그런데 묻는 사람이 하도 어이가 없어 밥 못 먹고 잠 못 자는 사람이 어디 있겠느냐고 하니, 사람들은 밥을 먹는 것이 아니라 밥에게 먹히어 병이 들고, 잠자는 것이 아니라 꿈만 꾸다가 죽고 만다고 말했다는 것입니다.

깨달았다는 것은 평범해지는 것입니다. 그동안 내가 뭐나 되는 줄 알았는데 어느 순간에 '아하! 내가 별것이 아니로구나! 그 무엇도 아니구나.' 하고 깨닫는 것이지요. '내가 그 무엇도 아니다.'에서 오는 존재의 편안함. 이것은 하늘에서 오는 것이라 그 누구도 무엇도 빼앗을 수가 없지요.

그래서 평범해지는 것입니다. 내가 그 무엇도 아니라는 것을 발견했을 때의 가벼움, 자유, 해방. 느낀 사람은 알 것입니다. 그런데 이 평범은 비범을 한 번 만나거나 거쳐야 합니다. 비범이 십자가라면 평범은 부활에 해당된다고나 할까요. 십자가 없이는 부활도 없듯이 말입니다. 수련이라는 것은 인위로 이 비범을 만나는 것이라고 저는 생각합니다. 바로 스승을 만나는 것이지요. 일을 만나는 것이지요.

자, 오늘은 우리의 일상 중이 일상인 밥 먹는 태도를 수련해 볼까 합니다.

먼저 진지(眞知)라는 말부터 해 봅시다. 밥 먹는 일, 식사(食事)가 아니라는 것입니다. 식사는 모든 동식물이 다 하는 것입니다. 사람은 단지 먹는 일인 식사를 넘어 참나를 아는 진지가 되어야 하지 않겠느냐는 것입니다. 그래서 우리 조상들은 식사라는 말 대신에 진지라는 말을 썼던 것이 아닌가 합니다.

기독교인들에게 좋은 습관 하나가 있습니다. 그것은 밥상 앞에서 꼭 기도를 하고 먹는다는 것입니다.

기도를 안 하고 먹으면 무슨 죄라도 짓는 것처럼 이미 습관화가 되어 있습니다. 좋은 습관이지요. 헌데 정말 마음 중심에 감사를 느끼지 않고 형식적으로나 겉모양으로만 하는 기도라면 그야말로 중언부언, 외식에 지나지 않습니다.

그래서 오늘은 밥상 앞에서 깨어나는 몇 가지 수련을 해볼까 합니다.

그럼 제가 수련에서 쓰고 있는 '진지 알아차리기 다섯'을 한 번 보겠습니다.

진지 알아차리기 다섯

하나, 이 먹거리들이 어디서 왔을까요?

둘, 내 입으로 들어간 이 먹거리들이 결국은 어디로 갈까요?

셋, 밥상에 차려진 먹거리들의 냄새, 색깔, 모양, 소리, 맛 그리고 어울림 등을 알아차려 봅니다.

넷, 이 음식을 먹을 만하게 정성껏 살았는지요?

다섯, 나를 살리는 이 밥처럼 나도 이웃을 살리는 살밥임을 다짐해 봅니다.

그동안 우리는 진지를 할 때 배를 빨리빨리 채우는 그야말로 식사를 하지 않았나 합니다.

이제부터는 눈으로는 밥상에 차려진 먹거리들의 색깔과 모양을 보고, 코로는 냄새를 맡고, 혀로는 맛을 느꼈으면 합니다.

눈을 열어 놓고, 코를 열어 놓고, 혀를 열어 놓아 봅시다. 그러면 지금까지의 밥상이 아닌 그 무엇으로 다가올 것입니다.

그러면서 그 맛과 냄새와 색깔과 모양, 그 모든 어울림을 온몸으로 느껴 봅니다.

그리고 나서 손을 모아 기도합니다.

진지기도

한 방울의 물에도 천지의 은혜가 스며 있고

한 톨의 곡식에도 만인의 땀이 담겨 있습니다.

이 땅에 밥으로 오셔서 우리의 밥이 되어

우리를 살리신 형제들을 본받아

우리도 이 밥 먹고 밥이 되어

이웃을 살리는 슬림의 삶을 살겠습니다.

밥상을 베푸신 하늘과 땅, 사람의 은혜에 감사드리며

맑은 마음 밝은 얼굴 바른 행동으로

삶의 예술가가 되기를 서원하며
감사히 이 진지를 들겠습니다.

또 입으로 하는 기도를 지루해하거나 쑥스러워하는 아이들과
진지할 때는 음식 하나하나에게 웃어 보는 기도도 참 좋습니다.

밥을 보고 웃습니다.
국을 보고 웃습니다.
김치를 보고 웃습니다.
찌개를 보고 웃습니다.

‧
‧
‧

그리고 함께 먹는 가족들 한 사람 한 사람에게도 웃음을…….
밥이 되어 나를 살리고 진지의 세계로 가게 해 주기 위해 기
꺼이 상 위에 올라온 그 고마움을 감사의 마음으로 그리고 환한
웃음으로 표현해 보는 것. 참 멋지지 않겠습니까?
밥상은 밭상이라는 말도 있더군요. 밭에서 가장 높은 것만 올

라온 것이 밥상이라는 것입니다.

약도 못 올라오는 곳이 밥상이라는 것입니다. 그러니까 약보다도 더 높은 것이 바로 밥상이라는 것입니다.

그래서 자연이 어디서 왔을지 묵상해 보고 결국은 어디로 갈지를 탐구해 보면 '아하! 그렇구나.' 하고 감사와 고마움이 가슴 속에서 솟는 것을 경험하실 것입니다.

일체가 나를 떠나 나에게로 돌아오는 이 하나님의 창조의 법칙. 왜 내가 네가 아니고 나인지를 알게 되는 보혜사 성령의 역사.

또 진지 앞에서 이런 기도도 해 볼 수 있습니다.

수저를 들기 전에 먹거리 하나하나를 보면서 호흡기도를 3번 정도 해 보는 것입니다.

내쉬고 하나님, 들이마시면서 감사합니다.
내쉬고 부모님, 들이마시면서 감사합니다.
내쉬고 김치야, 들이마시면서 고맙다.

그러면서 수저를 들면 입맛이 돋고 소화도 잘 되는 멋진 진지가 될 것입니다.

육선(肉饍)을 먹으며 다투고 살기보다는 여간 채소를 먹으며
형제와 사는 것이 낫다. (잠언 17:1)

그 얼마나 아름답고 즐거운가! 형제자매가 어울려서 함께 사
는 모습! (시편 133:1)

가족과 함께하는 매일의 진지 자리가 얼마나 소중하고 아름다
운지요.
가족으로 맺어 준 하나님의 사랑을 느끼는 자리.
또 가족 관계를 통해 사람 됨의 맛과 하나님의 사랑을 알아가
는 자리.
즐거운 식탁
맛있는 밥상
행복한 진지
날마다 그러시기를 기도합니다.
아하(A-Ha).

성자 되는 첫걸음

저를 참 좋아하는 목사님이 계셨습니다. 물론 저도 그 목사님을 좋아했지요. 영동의 어느 산골에서 너와로 기와를 얹고 손수 집을 지어 그림도 그리고 글씨도 쓰고 나무도 만지며 영성생활을 하는 멋있는 벗이었습니다.

하루는 그 벗이 한지에 붓으로 글씨를 써 보내 왔습니다. '살림'이라는 글씨였습니다. 다른 종이에는 다음과 같은 설명이 붙어 있었습니다. "살림은 하나님만 쓰실 수 있는 말이지. 그분의 본성이 살림이고, 그분이 하시는 일이 살리는 일이지. 그분은 죽이는 일은 못 하셔. 사람 보기에는 죽이는 일 같아도 그분은 다 살리려고 하는 일이거든. 그런 살림마을이 되기를 비네." 지금까지도 그 친구의 편지가 가슴에 남아 있습니다.

정말 살림이 뭘까요? 여러 가지로 대입할 수 있겠지만 오늘은 '살림은 바로 치우는 일이다.'라고 얘기해 보겠습니다.

치운다 하면 '쓸고 닦아 깨끗하게 한다. 쓸고 닦아 제 갈 길로 가게 해 준다. 쓸고 닦아 제자리를 찾아 준다.'는 것이지요.

모든 수련의 시작은 청소하는 것, 빨래하는 것에서부터 시작이 되지 않나 합니다. 자기 방도 자기가 치우지 못하면서 무슨 세상의 더러운 것들을 치운다 하느냐 이것이지요. 자기가 벗은 신발도 제대로 놓지 못하면서 어떻게 세상의 질서를 바로잡는다 하겠느냐 이것이지요.

저는 처음부터 이것을 어떻게 수련하면 체득할 수 있을까를 많이 생각했습니다. 청소라고 하면 먼저 싫은 것, 안 해도 되는 것, 시간이 있으면 하는 것, 여자나 어린애들, 파출부가 하는 것으로 되어 있는데, 그런 관념을 어떻게 넘어 볼까 하던 차였습니다.

그러던 중 한 수필을 보니까 인도말로 청소부라는 말과 성자라는 말의 어원이 같다고 하더군요. 그러니까 성자는 무슨 거창한 일을 하는 사람이 아니라, 자기 주변을 쓸고 닦아 깨끗하게 하는 사람이라는 인도인들의 통찰이 아니었나 합니다.

도산 안창호 선생님도 하와이로 이민 간 우리 대한민국 사람들이 미국인들로부터 야만인 취급을 받는 이유가 바로 더럽게 살고, 서로 싸우기 때문이라고 말씀하셨더군요.

얼굴을 쓰고 닦는 것이 세면입니다.

모든 수련의 시작은 청소하는 것,
빨래하는 것에서부터 시작이 되지 않나 합니다.
자기 방도 자기가 치우지 못하면서
무슨 세상의 더러운 것들을
치운다 하느냐 이것이지요.

몸을 쓸고 닦는 것이 목욕입니다.

방을 쓸고 닦는 것이 청소입니다.

자연을 쓸고 닦는 것이 과학입니다.

사회를 쓸고 닦는 것이 도덕입니다.

나라를 쓸고 닦는 것이 정치입니다.

마음을 쓸고 닦아 인류 전체가 깨끗하게 더불어 함께 행복하게 살아가는 것이 종교 아니겠습니까?

성자 되는 길은 바로 사람이 사람 되는 것이겠지요. 성자 되는 길은 먼 데 있지 않습니다. 또 어려운 그 무엇을 해결하는 데서 시작하지 않습니다. 바로 내가 쓰는 방을 쓸고 닦는 것에서 시작되고, 내가 신은 신발을 제대로 놓는 데서 완성되는 것입니다.

저도 많은 교회를 다녀 보았지만 신발이 신발장에 제대로 놓인 교회를 발견하기가 쉽지 않았습니다.

가정에 가보면 현관 입구에 있는 신발들이 흩어져 있는 것들을 늘 봅니다.

우리 하나님은 무질서의 영이 아니라, 질서의 영이라고 합니다. 자연의 질서를 따라 살고, 그 질서를 생활화하는 것이 그리스도인의 생활태도라고 저는 생각합니다.

영성생활은 정말로 관념이 아닙니다. 일상에서 하나님과 함께 하는 삶을 구체적으로 실현하는 것입니다.

왜 자기 방을 깨끗하게 하는 재미를 미루거나 다른 이에게 맡기시지요? 왜 자기 집을 깨끗하게 하는 재미를 미루거나 다른 이에게 맡기시지요? 왜 자기 사무실을 깨끗하게 하는 재미를 미루거나 다른 이에게 맡기시지요?

자기 방이나 사무실을 쓸고 닦다 보면 그것을 통해서 주시는 하나님의 선물이 얼마나 큰데 말입니다.

'잘 듣고 합니다.'에 초점을 맞춰 보시지요. 뭐가 들리나요. 들리는 소리에 머물러 보십시오. 또 그렇게 머무름에서 오는 느낌을 알아차려 보았으면 합니다.

'잘 보고 합니다.'에 초점을 맞춰 보시지요. 어떻게 보입니까? 왜 그렇게 보일까요? 보이는 것이 변하면서 일어나는 느낌을 알아차려 봅니다.

'서로 소리 내어 알리며 해 나아갑니다.'에 초점을 맞춰보시지요. 소리를 들어 보고 또 내기도 해 보고. 그렇게 할 때 일어나는 느낌과 변화하는 분위기를 알아차려 봅니다.

한 수도원에서 있었던 일입니다. 젊은 수사가 수도원에 들어 갔습니다. 들어가니 관례에 따라 주방 일을 맡게 되었습니다. 보통 2~3년만 하면 주방 일을 마치고 다른 사역을 하게 되는데 어떻게 된 것인지 10년이 되어도 원장 수사는 이 젊은 수사를 주방에서 빼 줄 기미를 보이지 않았습니다.

그날도 젊은 수사는 입이 잔뜩 나온 채로 설거지를 하고 있었습니다. 그런데 원장 수사님이 와서 보시고는 "아직 설거지가 끝나지 않았구나." 하시는 것이었습니다. 그 말이 끝나자마자 젊은 수사는 자기도 모르게 행주와 빗자루를 집어 던지면서 "제가 오늘로 10년째입니다." 하고 불만을 털어 놓았습니다.

그것을 보신 원장 수사님은 빙그레 웃으면서 이렇게 말씀하셨습니다. "네가 10년 동안 쓴 부엌 넓이만큼 지구가 그동안 깨끗해졌단다." 그리고 원장 수사님은 아무 말 없이 걸어가시는 것이었습니다. 젊은 수사는 그 말에 번쩍 하늘이 열리는 경험을 하게 되었습니다. 그래서 걸어가시는 원장 수사님의 뒷모습에다가 그 젊은 수사는 큰절을 합니다.

어떻습니까? '수신제가 치국평천하'(修身齊家 治國平天下)라는 말이 있는데, 이것은 수도하는 사람들의 공부 순서였습니다. 이것은 천년만년이 가도 변할 수 없는 인륜이지요. 인륜은 하나님의 질서에 따라 사는 하늘의 지혜가 담긴 원리입니다.

몸 닦고

마음 닦고

방 닦고

마루 닦고

사무실 닦고…….

닦아 보면 알 것입니다. 환해지지요. 환하게 살고 싶지 않으신
지요. 수련한다는 것은 바로 닦는다는 것이지요. 빛의 본성이 나
타날 때까지 말입니다.

한 빛으로 오신 주님의 모습을 매일 아침 이렇게 만날 수도 있
구나 하는 삶으로의 초대, 성자 되는 첫걸음, 걸어 보시고요. 또
함께 걸어갑시다.

얼굴 알아차리기

링컨이 그랬던가요? 마흔 살이 넘으면 자기 얼굴에 대해 자기가 책임을 져야 하다고 말입니다. 어떤 사람이 링컨에게 자신의 혁명동지 한 사람을 장관으로 추천했다고 합니다. 그런데 링컨이 일언지하에 거절했다는 것입니다. 이유는 얼굴이 엉터리라는 것이었습니다.

얼굴은 '얼울'입니다. 얼의 울타리입니다. 얼이 슬프면 그 슬픔이 얼굴에 나타나고, 얼이 기쁘면 그 기쁨이 얼굴에 나타납니다. 그러니 젊었을 때에야 부모님께서 주신 얼굴이라 어쩔 수 없지만, 마흔 살이 되면 자기 얼굴에 자기 정신이 표현되니 마땅히 책임져야 하지 않겠습니까?

관념과 신념에 집착하고, 신학교리 이론과 이념에 화석화된 인간들을 깨워서, 이성에서 감성으로, 감성에서 영성으로, 영성에서 신성으로 어떻게 하면 안내할 수 있을까 하는 것이 영성수련이라고 저는 생각합니다.

그래서 저는 수련 테마가 실제적이고 구체적일수록 좋다고 봅니다. 꿩 잡는 것이 매고, 쥐를 잡는 고양이가 고양이지, 그것이 누구의 매며 어느 나라의 매냐, 또 흑고양이냐 백고양이냐에는 별로 관심이 없습니다.

정말 "하나님께서 손수 만드신 모든 것을 보시니, 보시기에 참 좋았다."(창세기 1:31)고 한 그리스도 완전 충만의 세계를 보고 듣고 느껴, 일체가 은혜와 감사로 고백하는 삶을 살도록 안내하는 길이야말로 저의 최대 관심사입니다.

그래서 오늘은 얼굴 알아차리기입니다.

먼저 지금 자기 얼굴이 어떤지 그려 보고 느껴 보세요.

혹시 굳어 있지는 않은지요?

또 심각한 얼굴은 아닌지요?

아니면 무표정한 멍청한 모습은 아닌지요?

아니면 자기 얼굴이 도대체 알아차려지지 않는지요?

또 얼굴이 마음에 들지 않아 늘 불평하고 원망하고 있지는 않은지요?

이 얼굴로 말할 것 같으면 지구상에 딱 한 번 출현하는 얼굴입니다. 이해되시지요. 내 얼을 담기에 가장 알맞은 얼굴이 지금의 내 얼굴이라는 이해가 생겼을 때의 기쁨과 환희, 느껴지십니까?

그래서 내 얼굴을 남과 비교하는 것은 정신 나간 사람들이나 하는 잠꼬대인 것입니다. 더욱이 누구 얼굴이 잘 생겼다느니 못 생겼다느니 평가하고 또 상 주는 행사를 보면, 인류가 지금 무슨 잠을 어떻게 자고 있는지를 볼 수 있는 좋은 구경거리라고 생각합니다.

키만 해도 그렇습니다. 자기 키가 작다고 늘 열등감에 시달리는 사람이 있습니다. 또 어떤 부인은 키가 커서 학생 때부터 열등감에 시달려 어깨가 굽은 것도 보았습니다. 내 키가 큰 키입니까? 아니면 작은 키입니까? 아니지요. 내 키는 크지도 작지도 않지요. 내 키는 내 키입니다. 그렇습니다. 내가 지구를 방문하기에 가장 알맞은 키가 지금의 내 키가 아닐까요. 나를 담기에 가장 알맞은 얼굴, 가장 알맞은 키…….

자기 얼굴을 사실 그대로의 얼굴로 보고, 자기 키를 사실 그대로의 키로 볼 때 그때가 바로 깨어나는 순간입니다.

영성은 깨어남이고, 깨어나는 것보다 확실하고 완전한 치유는 없습니다. 사실 그대로를 볼 때 생기는 그 자유. 그래서 생긴 틈새에서 오는 내 선택의 자유. 지금 무슨 말을 하는지 아시지요? 모른다고요? 그래도 좋습니다. 이 얼굴이 그런 얼굴입니다.

그런데 오늘은 이런 얼굴을 더 알아차리고 평안하게 그리고 따뜻하게 웃는 얼굴로 가꾸어 보자는 것입니다. 수련을 몇 십 년 했다고 하고, 교회에 30여 년 출석하면서 성령을 받았다고 하는데도 그 얼굴을 보면 '아니올시다' 싶은 분들을 보게 됩니다.

성령을 받고 수도를 하는 믿음생활을 한다면 어떤 얼굴이어야 하겠습니까? 요즘은 일반기업 입사연수기간에도 집중적으로 3개월 혹은 6개월 동안 웃는 얼굴을 수련한다고 합니다. 지혜는 세상으로부터 배우라고 주께서 말씀하셨는데, 정말 세상에서 배울 것이 참 많습니다.

어떤 분은 이렇게 말할지도 모르겠습니다. 마음이 음흉한데 얼굴만 웃는 얼굴이면 무엇에 쓰겠느냐고요. 마음도 맑고 얼굴도 맑으면 얼마나 좋겠습니까? 하지만 마음이야 어떻든 얼굴이라도 우선 웃는 얼굴이니 좋지 않습니까?

거울 앞에 앉아 봅니다.
먼저 자기 얼굴을 한동안 느껴 보겠습니다.
눈을 감고, 숨소리를 들으면서 느껴 봅니다.
한참 동안 그렇게 있어 봅니다.

눈을 뜨고 거울에 비친 자기 얼굴을 보고, 어떤 느낌이 생기는

지 알아차려 봅니다.

　마음으로 가장 행복하고, 평안하고, 고요한 그 무엇을 상상해
도 좋습니다.
　눈을 뜨고 거울에 비친 미소 띤 자기 얼굴을 보고 어떤 느낌이
생기는지를 알아차려 봅니다.

　다시 눈을 감고 이제는 활짝 웃는 얼굴을 해 봅니다.
　이때 소리를 내도 좋습니다.
　마음으로 가장 즐겁고 유쾌하고 신나는 그 무엇을 상상해도
좋습니다.
　그리고 눈을 뜨고 거울에 비친 자기 얼굴을 보고 어떤 느낌이
생기는지를 알아차려 봅니다.

　이제 걸으면서 살짝 미소를 머금은 얼굴을 지켜 나갑니다.
　웃는 얼굴을 잃어버리지 말고 알아차리면서 슈퍼마켓도 가 보
고, 공원도 걸어 보고, 산책도 해 봅니다.

　그런 웃는 얼굴을 알아차리면서 버스도 타고, 운전도 하고, 전
철도 타고…….

그런 웃는 얼굴을 알아차리면서 TV도 보고, 영화도 보고, 밥도 먹고, 잠도 자고…….

사람만이 웃을 수 있다고 합니다. 개가 웃는다거나 소가 웃는다는 말 들어 본 적이 없지요? 그러나 개나 소가 우는 것은 종종 보았을 것입니다. 심지어 나무도 운다고 하지 웃는다고 하는 말은 듣지 못했을 것입니다. 듣지 못한 것이 아닙니다. 실제로 웃는 것은 우리 사람뿐입니다.

크게 웃어 봅시다. 그러려면 크게 울어도 봐야겠습니다. 울 때 울고, 웃을 때 웃는 것이 참사람이신 예수 그리스도의 삶이었습니다.

심각한 얼굴은 금물입니다. 왜요? 삶은 원래 심각하지 않기 때문입니다. 삶은 잔치요, 노래요, '보시기에 참 좋았더라.'고 하신 기쁨입니다. 웃는 얼굴, 해피 룩을 만들어 나갑시다. 그래서 내 얼굴에서 언젠가는 그리스도의 모습이 비칠 때까지 갈고닦고 만들어 나갑시다.

자, 이 글을 읽는 그대의 얼굴은 지금 어떻습니까? 알아차려 보시지요. 저의 얼굴은 어떠냐고요? 살짝 웃는 얼굴입니다. 거울을 보고 느껴 봅니다. 눈을 감고 느껴 봅니다.

외국에서 TV에 비친 우리나라 국민들의 표정을 보면 심각하고 무엇에 쫓기는 듯한 긴장된 모습이 역력히 보인다고 합니다. 또 외국인의 눈에 비친 우리의 인상 중 하나는 눈에 살기가 있어 보인다는 것입니다. '식민통치와 전쟁, 경제발전의 회오리에 당연한 모습이겠지.' 하고 생각하면 이해가 되면서도, 한편으론 '이럴 수는 없지.' 하는 마음도 듭니다.

그리스도의 화해와 사랑의 십자가의 도로 이 민족을 구원하는 길이 멀리 있는 것만은 아니라고 봅니다. 우리가 먼저 웃는 얼굴, 행복한 얼굴을 하면 그것도 전도이지 않을까 싶습니다.

굳어진 표정, 심각한 얼굴과 목이 쉬어 탁할 대로 탁해진 목소리로 사려 없이 예수 천당을 외치고 다니는 모습을 보면 안타까운 마음 그지없습니다.

자, 예수 혁명은 나로부터입니다.

해피 룩

웃는 얼굴

상냥한 마음

가벼운 걸음

내가 서 있는 곳이 거룩한 땅, 성지입니다.

우리는 매일 성지순례를 하고 있는 것입니다.

안방 성지, 화장실 성지, 마당 성지, 아파트 성지, 직장 성지…….

마음은 맑고

얼굴은 밝고

행동은 바르게

사는 삶이 바로 최고 질의 삶인 영생을 사는 삶입니다.

마음의 날씨 다루기

우리는 자고 나면 묻습니다. "편안히 주무셨습니까? 안녕하십니까?" 또 사업하는 친구를 만나면 "요즘 사업은 어때? 잘되어 가지?" 하고 인사를 나눕니다.

만나면 세상 돌아가는 얘기, 물가 얘기, 정치 얘기, 교육 얘기, TV 연속극 얘기……. 참 얘기들 많이 합니다. 열을 내어 자기 생각들을 피력하고 자기주장을 펴 봅니다. 그리고 돌아설 때면 어떠셨는지요? 무엇이 어떠냐고요? 가슴 말입니다. 허전하지는 않으셨습니까?

우리는 다른 사람의 안부나 상황, 그리고 세상 돌아가는 것에 대해서는 열심히 묻습니다. 또 내일의 날씨가 어떨지 기상 전망에 대해서도 관심이 많습니다. 그러나 정작 자기 가슴의 안부는 묻지 않습니다.

자기 마음의 날씨가 흐린지 개었는지, 언제부터 태풍권에 휘말려 있고, 장마는 언제 끝날지 관심조차 없습니다. 눈보라가

치고 꽁꽁 얼어붙어 시린 가슴을 알아차리지 못한 채 바깥 탓만 하고, 겨우 준비한다는 것이 비옷이나 우산, 파카 하나가 고작인 것이 우리 삶이 아닐까 합니다.

오늘은 자기 마음의 날씨 알아차리기를 해 봅니다.

먼저 자기 가슴의 안부부터 물어보는 것입니다. 누구의 안부를 묻기 전에 자기 가슴의 안부부터 물어보자는 것입니다. 삶으로 깨어나는 데 있어서 자기 마음의 날씨를 알아차리는 것은 정말 중요합니다. 어떻습니까? 지금 그대의 마음의 날씨는 맑음? 흐림? 갬? 영하? 아니 어제부터 펄펄 끓고 있다고요?

어려운 문제를 푼다거나 누군가와 옳고 그름에 대한 논쟁을 하고 나면, 즉 생각을 많이 하면 머리가 아픕니다. 그런데 누구의 아픈 얘기나 서럽고 한스런 얘기를 듣고 나면 어떻던가요? 머리가 아니라 가슴이 찡하고 아픕니다.

사랑을 하는데 마음대로 되지 않을 때는 머리가 아픈 것이 아니라 가슴이 아프지요. 그런 가슴을 어떻게 정화해 나갈까요? 많은 방법과 길이 있지만 오늘 그 가운데 하나를 함께해 나가도록 합시다.

먼저 자기 가슴에 흐르는 정서, 마음의 상태를 보아야겠지요.

보이는 부정적 정서 하나하나를 구체적으로 알아차립니다.

다음은 숨을 고르고 깊게 하시고, 길고 깊게 내쉬면서 알아차린 부정적 정서를 숨과 함께 내쉬면서 바람으로 날려 보냅니다.

그리고 숨을 들이마시면서 하늘에서 오는 맑고 밝고 환한 기운을 마신다고 상상하면서, 자주 천천히 길게 들이마십니다. 아담의 코에 불어넣던 그 생기를 지금 나에게도 하나님께서 직접 불어넣으신다는 믿음의 자세로 해 나가시면 더욱 효과적일 것입니다.

계속 해 나가십시오. 이 방법은 저녁시간에 자기 가슴을 정화해 나가는 데 아주 좋은 수련 방법입니다.

이 방법이 웬만큼 수련된 사람은 반대로 하는 또 다른 방법이 있습니다. 위의 방법은 자신의 부정적 기운을 자기 숨에 실어 바깥으로 버리는 것이었는데 이제는 정반대의 방법입니다.

먼저 세상에 있는, 이웃의 말씨와 표정과 숨에 실려 나온 모든 부정적 기운을 내가 다 마신다고 상상하고, 숨을 천천히 깊게 많이 들이마십니다. 지난 과거의 한과 현재의 고통과 미래에 있을 모든 악의 기운을 다 마신다고 생각하고 마십니다.

그리고 숨을 내쉴 때에는 그대 안에 있는 사랑과 평화, 따뜻함과 다정함, 상냥함을 내쉰다고 생각하십시오. 모든 고통을 마시고 축복을 내쉬는 길입니다. 세상의 모든 불행과 악의 기운을 마신다고 뭉뚱그려 생각해도 좋고요. 또 구체적으로 떠오르는 누구의 두려움, 누구의 원한, 누구의 설움을 내가 마신다고 생각하는 것도 좋습니다.

이 수련을 하다 보면 깜짝 놀라는 경험을 하실 것입니다. 저는 앞의 것만 하다가 이것을 했을 때, 오히려 가슴이 더 정화되는 것을 느꼈고, 내가 커져 가는 느낌도 갖게 되어 얼마나 충만했는지 모릅니다.

가슴은 참 신기합니다. 머리 메커니즘과는 다른 메커니즘을 갖고 있음이 분명합니다.

머리는 '1+1=2'이지만 가슴은 그렇지 않습니다. '1+1=0'도 되고, '1+1=100'도 되고, '1+1=-50'도 되고, '1+1=1,000'도 되고…… 참 알다가도 모를 것이 사람의 가슴 곧 마음이지 않습니까? 그러니까 재미있고 신기하지요. 마음까지도 '1+1=2'로만 나온다면, 무슨 시가 생기고 문학이 나오며 창조적 지성이 일어나겠습니까?

세상의 고통을 받아들이고 이웃의 슬픔을 공감하는 순간, 그 고통과 슬픔은 더 이상 고통이나 슬픔이 아닙니다. 가슴으로 받아들이는 한은 그렇습니다. 가슴에는 그 고통과 슬픔의 에너지를 변형시키는 놀라운 능력이 있습니다. 그 변형의 힘이 있는 곳이 바로 가슴입니다. 그러니 가슴을 믿으십시오. 가슴의 안부를 묻는 것은 얼마나 중요한 일인지 모릅니다.

그런데 자기 가슴은 변형시킬 수 있는 힘이 없다고요? 아니지요. 힘이 없는 것이 아니라, 길을 모르는 것입니다. 방법을 아직 모르는 것이지, 절대 힘이 없는 것이 아닙니다. 하나님께서는 원래 모든 부정적 에너지를 사랑과 창조 에너지로 바꿀 수 있도록 가슴을 만들어 주셨습니다. 단지 세상 방법대로 가슴을 달래다 보니 그렇게 된 것입니다.

우리는 가슴을 달랜다는 말을 씁니다. 어떤 사람은 보채는 아기를 잘 달래는 데 반해, 어떤 사람은 아기와 싸우고 결국은 더 시끄럽게 만드는 것을 볼 수 있습니다. 보채는 아기를 달래는 데도 다 방법이 있습니다.

가슴 달래는 방법을 찾아가 봅시다.

먼저 세상의 불행이나 이웃의 고통을 들이마시기 전에 내 안에 있는 부정적 기운들을 알아차립니다. 그리고 그런 부정적 기운에 휘말렸을 때 자신이 어떤 반응을 보이는지를 구체적으로 종이 위에 적어 봅니다.

．

．

．

그동안 제가 영적 안내를 하면서 얻은 대답은 부정적 기운에 휘말리면 대개가 피하게 된다는 것입니다. 예를 들면, 화가 나면 목욕을 가는 사람이 있습니다. 또 운동을 하는 사람, TV를 켜거나 음악을 듣는 사람, 비디오를 빌려 보는 사람, 그것도 폭력물이나 중국 무술영화만 보는 사람, 드라이브하는 사람, 쇼 구경하는 사람, 전화로 친구나 애인을 불러내 술을 마시거나 무엇을 먹는 사람, 클럽에 나가 춤추는 사람, 수다를 떠난 사람……

사람들은 대개 이렇게 회피하고 모면하려 듭니다. 그러나 일시적으로는 해소가 되겠지만 완전히 해결되지 않습니다. 그럴수록 더욱 가슴의 변형 능력은 없어지고 오히려 가슴에 한과 슬픔, 원망만 쌓여 가슴앓이가 되어 홧병으로 고생하는 사람들이 얼마나 많습니까? 가슴앓이, 그렇습니다. 가슴을 앓아야 가슴을 알수가 있습니다. 방법은 하나. 거기서 회피하거나 변명하거나 탓하지 않고 직면하는 것입니다.

먼저 밀폐된 공간을 찾으십시오. 방이면 문을 잠그고 자동차 안이면 음악을 끕니다. 편안한 자세로 앉습니다. 일어나고 있는 슬픔, 원망, 화, 불행을 떠올리시고 다 느끼십시오. 강렬하게, 남김없이 다 느낍니다. 이때 눈을 감고 해도 좋고, 소리를 내거나 욕을 해도 좋습니다. 계속 남김없이 다 느낍니다. 충분히 느끼십시오. 충분히 느끼면 사라집니다.

아직 남아 있는 것들은 다시 경험을 요구하는 것들입니다. 경험하면 사라집니다. 가슴에 남아 있는 것들은 긍정적 기운보다는 부정적 기운들입니다. 웃음과 행복이 남아 있으면 얼마나 좋겠습니까? 그런데 대개 남아 있는 것이 서러움, 원망, 슬픔, 화 등 부정적 기운인 상처들입니다.

왜 그럴까요? 우리는 긍정적인 밝은 기운들은 충분히 경험합니다. 예를 들면, 웃을 때나 기쁠 때는 대개가 회피하거나 누르지 않고, 웃고 충분히 기뻐합니다. 그런데 슬픔이나 화가 올라오면 참습니다. 눌러둡니다. 충분히 경험하지 않습니다. 그러니 남습니다. 자꾸자꾸 잠겨 둡니다. 그러다가 어느 날 가슴 창고가 가득 차서 터지고 맙니다. 터질 때는 예측불허입니다. 우울증으로, 정신착란으로, 도박으로, 성도착으로, 폭력으로, 암으로, 각종 질병으로……

아직 내 안에 부정적으로 남아 있는 기운들은 다시 사랑받고 싶어서 남아 있는 것입니다. 그러니 사랑해 줘야 그네들도 갈 길로 가지 않겠습니까? 이 세상에 나타난 모든 것은 보이지 않는 것에서 왔다고 합니다. 그렇다면 보이는 것은 다 사라지기 위해 있는 것 아니겠습니까? 사라지는 것이 은총입니다. 아멘.

사랑하는 길은 다시 경험하는 것입니다. 눌러두고 접어 둔 불행들을 떠올리시고 충분히 느끼십시오. 느낌의 중심까지 들어갑니다. 불행의 감옥 속으로 들어가지 않고서는 그 고통의 감옥에서 벗어날 길이 없습니다.

부정적 기운의 감옥 속으로 들어가지 않고서는 그 부정적 기운의 감옥에서 나올 문이 없습니다. 이것이 십자가의 원리입니다. 그래서 예수께서 천하만국을 보여 주고 절 한 번 하면 천하만국을 준다고 하는 사탄의 유혹을 물리치시고 십자가를 지셨던 것이 아니겠습니까?

수련에서 술이나 커피, 담배 등 기호식품을 금하는 것도 같은 원리입니다. 이것들은 고통으로 들어가서 다시 경험을 해야 나올 수 있는 것인데, 이런 기호식품들은 오히려 도피시켜 주는 수단이 되기 때문에 금하고 있는 것입니다.

자, 어떻습니까? 좀 더 해 보도록 합시다. 자기 안에 떠오르는

내 안에 부정적으로 남아 있는
기운들은 다시 사랑받고 싶어서
남아 있는 것입니다.
그러니 사랑해 줘야
그네들도 갈 길로 가지 않겠습니까?

느낌들을 알아차립니다. 거부당하고 모독받았다는 느낌들을 철저하게 알아차립니다. 나에게 상처 준 사람을 느끼라는 게 아닙니다. 내 안에 남아 있는 느낌들을 알아차리고 충분히 느끼라는 것입니다. 오히려 그 당사자들은 그런 부정적 기운을 느끼고 상처를 느낄 수 있는 기회를 준 선생님입니다. 그러니 감사해야지요. 상처를 열어 준 것이 아닙니다. 그 상처는 지금까지 평생 동안 그대를 괴롭혀 온 그런 상처가 있음을 알아차리도록 가르쳐 준 천사(?)라고나 할까요.

단지 상처나 거부당함, 모욕, 슬픔, 화 등을 기억하는 것만이 아닙니다. 기억하는 것이 아니라, 다시 경험하는 것입니다. 경험하면 사라집니다. 경험한 만큼 사라집니다. 충분히 느끼고, 충분히 경험하십시오.

그리면 이제 사라져 가는 그런 느낌들을 보시게 될 것입니다. 그동안 그렇게 나를 좌지우지하던 상처들이었는데, 다시 이렇게 봐 주고, 느껴 주고, 경험해 주니, 즉 사랑해 주니까 서서히 힘을 잃고 사라져 가지 않습니까? 십자가에 거십시오. 달갑지 않은 모든 조항들을 못 박으십시오. 그러면 자연스럽게 일어나는 것이 있습니다. 그 상처들에게 오히려 감사함이 일어나고 있음을 말입니다.

십자가 없이는 부활이 없습니다. 40일 금식기도 후에야 비로소 예수가 그리스도가 됩니다. 6년 고행 후에 석가모니는 부처가 됩니다. 고난 없이 깨닫는 길은 가짜요, 거짓이요, 속임입니다. 광야에서의 사탄의 술수가 무엇입니까? 고난 없이 될 수 있다는 사탕발림이 아니었습니까? 예수는 과감히 말씀을 따릅니다. 원칙을 따릅니다. 하나님의 방법을 따릅니다.

고통은 생애 최고의 자산입니다. 상처는 내가 나 될 수 있는 땔감입니다. 땔감이 있어야 자동차가 가고 비행기가 날 수 있습니다. 땔감이 없으면 아무것도 아닙니다. 상처, 고통으로 많이 아파하는 분들이 은총을 입었을 때 비로소 엄청난 일을 하는 것을 볼 수 있습니다.

젊어 고생은 사서라도 한다는 말이 이 말입니다. 고통을 피하지 마십시오. 고통 없기를 기도하지 마십시오. 바깥 날씨야 내가 어떻게 할 수 없지요. 거기에 따라 사는 것이지요.

그러나 이제 이 기법을 터득하고 나면 마음의 날씨만큼은 내가 조정할 수 있는 것입니다. 내 의지대로 내 마음을 다루는 길이 이렇게 있습니다. 이것이 바로 하나님 아들의 권세로 사는 것이 아닐까요? 그래야 처음 사람 아담이 그러했듯이 우리도 창조적 지성으로 살아가게 됩니다.

오히려 자기에게 고통 없음을 물어야 할 것입니다. 아니 그 고통의 에너지를 왜 창조 에너지로 바꾸지 못하고 있는지를 기도해야 할 것입니다. 머리는 할 수 없지만, 가슴은 할 수 있습니다. 가슴을 믿으십시오. 가슴에는 그런 변형의 힘과 기술이 있습니다.

어제는 서울에 있는 한 자매로부터 전화가 왔습니다.

자매는 감기가 들어 고생을 하고 있다고 말했습니다. 그에 대한 저의 답은 무엇이었을까요? "감기 손님이 찾아오셨구먼, 손님 잘 맞이해 줘야겠지요."

그렇습니다. 다짐을 한번 해 보시지요. 이제부터는 어떤 고통도, 상처도, 피하지 않겠다. 거부하거나 원망하거나 눌러두지 않겠다. 그런 부정적 기운을 사실로 정면으로 보고 친구로, 선생님으로, 반가운 손님으로, 가슴으로 맞이하겠다고 말입니다.

이렇게 연습을 하다 보면 단번에는 아니겠지만, 서서히 삶의 기술이 늘어 갈 것입니다. 그러던 어느 날 이제는 발견할 것입니다.

그 고통을 보고 아담처럼 이름을 붙일 것입니다. 사랑이라고, 은총이라고…….

그 슬픔을 보고 아담처럼 이름을 붙일 것입니다. 기쁨이라고, 구름이라고…….

그 서러움을 보고 아담처럼 이름을 붙일 것입니다. 장난감, 구경거리라고…….

 ·

 ·

 ·

그리고 마지막 숨을 바람으로 날리는 날, 또 이렇게 이름을 붙이겠지요.

즐거운 소풍이라고.

이런 내가 좋다고.

나는 부활이요 생명이니 죽어도 산다고.

이렇게 내가 나 된 것은 하나님의 은혜라고 말입니다.

들리나요?

들을 귀 있는 자는 복이 있습니다. 들리면 곧 보일 것입니다.

말을 넘어선 말씀으로 살기

아내가 운영하는 유치원에 나가서 교실 만드는 일을 한 적이 있습니다. 활짝 핀 노란 개나리 숲에서 노니는 아이들, 놀고, 먹고 노래하고 춤추고 선생님 얘기 듣고……. 그야말로 천국이라는 생각이 들었습니다.

모래장에서 놀고 있는 한 아이에게 물었습니다.

"너네는 걱정이 없니?"

"걱정이 뭔데요?"

"그럼 고민거리가 없다는 말이야?"

"고민은 또 뭐예요?"

걱정이 뭐고 고민이 뭐냐는 아이들의 반문에 내 안에서 '아하!'가 일어나는 것을 볼 수 있었습니다. 아이들은 아직 고민이니 걱정이니 하는 선악의 구별, 즉 선악과를 먹지 않은 것이지요. "너희가 돌이켜 어린아이와 같지 않으면 하늘나라에 갈 수 없다."고 주님께서 말씀하셨는데, 바로 이 점에 해당하는구나 하는 발견에 참 기뻤답니다. 우리는 여기서 삶의 참 지혜를 얻을 수 있습니다.

　이름을 붙이지 말고 보자는 것입니다. 이름을 붙인 순간에 이미 그 실제와는 다른 그 무엇을 우리가 보고 듣게 되니, 제대로 볼 수 없고 들을 수 없게 되는 것이지요. 사랑은 제대로 보고 듣는 데서 시작되는 것인데, 그렇게 못하게 되니 그다음의 행동들은 사랑에서 오는 것이 아닌 습관이나 조건화된 조항, 에고(ego)에서 오는 것이라고 볼 수 있지 않겠습니까?

　일찍이 노자도 그랬습니다. 그 어떤 것을 진리라고 하는 순간에 이미 그것은 진리가 아니고 개념이라고. 또 그 무엇에 이름을 붙이는 순간 이미 그것은 그것이 아니고 단지 낱말에 불과할 뿐이라고 말입니다.

　이 사실을 깨달았을 때 저는 정말 끔찍했습니다. 내가 얼마나 그동안 실제를 살지 못하고 관념을 살았던가, 말씀을 살지 못하고 말을 살았던가, 사실을 살지 못하고 생각을 살았던가가 이해될 때 정말 놀라운 기쁨이 있었습니다.

　물론 말은 내용을 담고 있는 그릇이요 도구임이 분명합니다. 편리하다고 쓰는 표현수단이지요. 하지만 말이 내용 그 자체이거나 사실 그 자체는 아니라는 말입니다.

문이란 말이 문 자체는 아니듯이, 말은 사실이나 진리 자체가 아니라 표현일 뿐이지요. 그동안 우리는 말에 너무 속고 살았습니다. 사실이 아닌데도 그 말에 이리 끌려가고 저리 끌려가고, 제가 좋아하는 장자도 일찍이 그랬더군요. 말을 넘어선 사람을 친구로 갖고 싶다고요.

말의 힘이 미치는 영역이 있습니다. 또한 말의 힘이 미치지 못하는 영역이 있습니다. 말을 넘어선 세계가 말씀의 세계입니다. 말은 아무리 해도 생각세계를 표현하는 것이지요. 생각세계를 넘어선 사실의 세계를 말로 어떻게 담을 수가 없지요. 그 세계를 계시하는 것이 바로 말씀인 것입니다.

다른 말로 하면 말이 있기 전의 세계라고 할까요. 어떤 사람은 거기를 원래의 소리라고 해서 원음(原音)이라는 말로 표현하더군요. 저는 거기를 그리스도의 세계, 바로 하나님께서 보시니 참 좋았다고 한 세계라고 말합니다.

> 주 하나님이 들의 모든 짐승과 공중의 모든 새를 흙으로 빚어서 만드시고, 그 사람에게로 이끌고 오셔서, 그 사람이 그것들을 무엇이라고 하는지를 보셨다. 그 사람이 살아 있는 동물 하나하나를 이르는 것이 그대로 동물의 이름이 되었다.
>
> 그 사람이 모든 집짐승과 공중과 들의 모든 짐승에게 이름을

붙여 주었다. (창세기 2:19~20)

호랑이라 부르는 그것은 하나님께서 지으신 것이고, 그 것을 아담(=사람)이 호랑이 혹은 타이거(tiger) 등으로 이름을 붙인 것이지요. 그러니까 호랑이는 이름이지 그 자체는 아닌 것입니다.

마찬가지입니다. 장길섭이라는 것도 내 이름, 호칭이지 내 자신은 아니라는 말입니다. 그러니까 '장길섭이 신문에 나왔다.'는 말은 맞지 않는 말이지요. 'TV에 나왔다.'는 말도 맞지 않는 말이지요. 환상이요 착각입니다. 나는 늘 여기 이렇게 나로 있지 않습니까? 신문에 나온 것은 인쇄된 글씨요 사진이고, TV에 나온 것은 움직이는 영상인 것입니다.

우리 수련 과정 때 많이 경험한 것인데, '지렁이' 하면 그 지렁이를 보지도 않고 벌써 질겁하는 모습들 말입니다. 실제 지렁이하고는 아무 상관이 없습니다. 지렁이라는 말에 그냥 노예가 되고 맙니다. 진리 안에서 자유하다느니 하는 빈말을 했던 것이지요.

깨어나십시오. 알아차리십시오. 그래야 오늘의 그리스도로 삽니다.

깨어나지 않고 알아차리지 못하면 그리스도로 사는 것이 아니라 입력된 프로그램에 따라 반응하고 사는 것이 됩니다. 죄와 허물의 노예로 산다는 말입니다. 얼마나 끔찍합니까?

요즘 요단강 물로 침례를 다시 받았다는 사람들을 만납니다. 그런데 요단강 물이 어디 있습니까? 병에 담는 순간 병물 아니겠습니까?

또 성지순례 간다고 야단들입니다. 성지(聖地), 거룩한 땅이 어디 있습니까? 하나님께서 일찍이 모세에게 가르쳐 주시지 않았던가요. "네가 선 땅이 바로 거룩한 땅"이라고 말입니다. 내가 서 있는 곳이 바로 꽃 피고 물 흐르는 수류화개(水流花開)요, 우주의 중심이요, 삶의 지성소이지요. 이것을 깨닫고 당당하게 살아가는 것이 하나님 아들로 사는 권세 중의 권세가 아니겠습니까?

구원은 회복입니다. 원래 세계로의 회복입니다. 아담, 즉 사람들이 이름 붙이기 전에 그것을 그것으로 보고 들을 수 있는 눈과 귀를 다시 갖는 것, 이것을 바로 복이 있다는 말로밖에 뭐라 하겠습니까?

그래서 바울도 마음의 할례를 받으라고 했습니다. 뭐가 마음에 끼어 있다. 붙어 있다. 그래서 제대로 느끼지 못하고 오해하고 있다. 그러니 아무리 행복하게 살려고 해도 이미 불행 프로그램으로 꽉 차 있다는 것이지요.

사람은 반드시 거듭나야 합니다. 이것은 예수님의 주제 중에서도 핵심 주제입니다. 말이 많으면 말세가 되고 글이 많으면 글쎄가 됩니다. 말을 잘 써야(用) '말씀'이 됩니다. 말을 넘어선 말씀의 세계가 그립습니다.

구원이 회복이라고 해서 돌아가는 세계는 아닙니다. 앞으로 나아가야 하는 세계. 우리 함께 믿는 것과 아는 것에 하나가 되어 그리스도의 장성한 분량에 이르기까지 나아갑시다. 정진합시다.

상상으로 성경 읽기
상상 기법 이용하기

오늘은 시(詩) 한 편 먼저 읽고 영성 있는 삶을 누릴 수 있는 요령을 터득하도록 하겠습니다.

일을 하는 데는 다 요령이 있습니다. 방법이 있고 길이 있다는 것입니다. 그것을 터득하는 것이 바로 도통하는 것이 아니겠습니까?

사는 것도 마찬가지지요. 요령만 터득하면 삶도 쉽고 아름답고 간단하게, 마치 예술적으로 살 수 있는 것입니다. 제가 추구하는 것은 바로 삶을 하나님의 작품으로, 예술로 사는 요령을 터득하는 것입니다. 그것이 바로 영성을 생활화하는 것입니다.

그럼 〈수업〉이라는 시를 함께 읽어 보겠습니다.

수업

작자 미상

그때 예수께서 제자들을 산으로 데리고 올라가

곁에 둘러앉히시고 이렇게 가르치셨다.

마음이 가난한 사람은 행복하다.

하늘나라가 그들의 것이다.

온유한 사람은 행복하다.

슬퍼하는 사람은 행복하다.

자비를 베푸는 사람은 행복하다.

옳은 일에 주린 사람은 행복하다.

박해받는 사람은 행복하다.

고통받는 사람은 행복하다.

하늘나라에서의 보상이 크니 기뻐하고 즐거워하라.

그러자 시몬 베드로가 말했다.

"그 말씀을 글로 적어 놓으리까?"

그리고 안드레가 말했다.

"그 말씀을 잘 새겨 둬야 할까요?"

그러자 야고보가 말했다.

"그걸 갖고 우리끼리 시험을 쳐 볼까요?"

그리고 빌립보가 말했다.

"우리가 그 뜻을 잘 모를 경우에는 어떻게 할까요?"

그리고 바돌로매가 말했다.

"우리가 이 말씀을 다른 사람에게 전해 줘야 할까요?"

그러자 요한이 말했다.

"다른 제자들한테는 이런 걸 알려 줄 필요가 있을까요?"

그러자 마태오가 말했다.

"우리는 여기서 언제 떠날 건가요?"

그리고 유다가 말했다.

"그 말씀이 실생활과는 어떤 관계가 있는 걸까요?"

그리고 그 자리에 참석했던 바리새인 하나가

예수에게 수업계획서를 보여 줄 것을 요청하면서

그 가르침의 최종적인 목표가 무엇이냐고 물었다.

그러자 예수께서는 우셨다.

어떻습니까? 뭉클하지요. 결국 바리새인들이 수업계획서까지
요구하자, 우리 주님께서는 우셨다고 합니다. 요즘 교회에 나가
는 사람들은 뭐라 할까요? '신학적으로 맞아요?' '교리적으로는
문제가 없나요?' 하고 물을 것 같습니다.

오늘 성경묵상 요령은 교리적, 신학적, 역사적 사실에 근거를
둔 성경 해석방법과는 상관없는 말씀묵상을 한 번 해 볼까 합니
다. 저는 이 방법을 통해 우리 주님과 아주 친밀해지고 하나 되

는 경험까지 하는 은혜를 받았습니다.

나뿐만이 아니라, 아시시의 프란체스코도 또 아빌라의 데레사 같은 신비 영성가들이 아주 즐겨 사용했던 성경묵상 요령입니다.

자, 그럼 실제로 해 보도록 하겠습니다. '백문이 불여일견'(百聞不如一見)입니다. 백 번 듣는 것보다 한 번 보는 것이 낫다는 말입니다. 그럼요. 수련은 생각이 아니고, 머리로 이해하거나 수긍하는 것도 아닙니다. 실제로 자기가 해보는 것입니다.

수련을 안내하면서 알아차린 것이 하나 있는데, 수련 프로그램의 하나인 '화 작업'을 할 때 실제로 화를 내고 작업에 들어간 사람과, 그렇지 않은 사람의 차이가 너무나 크다는 것입니다.

그 차이는 '화' 장(場) 하나로 끝나는 것이 아니라 전체 여행에서의 '화 작업'을 한 벗들이 훨씬 깊게 간다는 것입니다. 우리 같이 한번 소리 내어 외쳐 봅시다. 생각만 하지 말고, '일단 해 봅시다'. 그래요. 일단 하고 보면 그동안의 내 생각에서, 경험에서 벗어나게 되는 것입니다.

수영하는 법을 아무리 많이 책으로 읽고 암기한다 한들, 수영을 배우는 길은 하나입니다. 일단 물속에 들어가는 것입니다. 그러니 일단 해 봅시다.

이 묵상 요령은, 영신수련이라는 말을 처음 사용하고 또 체계적으로 영신수련 요령을 터득하고 가르쳤던 이냐시오 로욜라가 아주 즐겨 사용한 방법입니다. 성경을 읽을 때 막연하게 읽는 것이 아니라, 성경 한곳, 특히 복음의 한곳을 택해서 상상으로 자기도 그 안에 들어가서 실제로 있어 보는 것입니다. 그럼 먼저 성경 한곳을 택해서 읽어 보겠습니다.

> 다음 날 요한이 다시 자기 제자 두 사람과 같이 서 있다가, 예수께서 지나가시는 것을 보고서, "보아라, 하나님의 어린 양이다." 하고 말하였다.
>
> 그 두 제자는 요한이 하는 말을 듣고 예수를 따라갔다.
>
> 예수께서 돌아서서 그들이 따라오는 것을 보시고 물으셨다. "너희는 무엇을 찾고 있느냐?"
>
> 그들은 "랍비님, 어디에 묵고 계십니까?" 하고 말하였다.('랍비'는 '선생님'이라는 말이다.)
>
> 예수께서 그들에게 대답하셨다. "와서 보아라." 그들이 따라가서, 예수께서 묵고 계시는 곳을 보고, 그날을 그와 함께 지냈다. 때는 오후 4시쯤이었다.
>
> 요한의 말을 듣고 예수를 따라간 두 사람 가운데 한 사람은, 시몬 베드로와 형제간인 안드레였다.
>
> 이 사람은 먼저 자기 형 시몬을 만나서 말하였다. "우리가 메

시야를 만났소."('메시아'는 '그리스도'라는 말이다.)

그런 다음에, 시몬을 예수께로 데리고 왔다. 예수께서 그를 보시고 말씀하셨다. "너는 요한의 아들 시몬이로구나. 앞으로는 너를 게바라고 부르겠다."('게바'는 '베드로' 곧 '바위'라는 말이다.) (요한복음서 1:35~42)

성경은 엄격히 말해서 읽는 책이 아닙니다. 듣는 책입니다.

성경책에 기록된 글은 하나님의 말씀으로 들어야 하는 책입니다. 들을 때 믿음이 생기는 것입니다. 성경에 나오는 내용을 많이 알고 기억한다고 해서 하나님을 아는 것이 아닙니다. 믿음이 생겨야 하나님을 알고 만나는 것입니다. 그러니 성경은 결국 우리에게 믿음을, 깨달음을 주는 책인 것입니다. 그러려면 들어야 합니다.

자, 그럼 묵상으로 들어갑시다.

들숨과 날숨을 알아차립니다.

들리는 소리 다 듣습니다.

몸의 감각을 알아차립니다.

이제 성경 본문으로 들어갑시다. 요한이 두 제자와 함께 서 있고 예수께서 그들 곁을 지나가시는 것을 상상을 통해 실제로 봄니다. 그때의 바람, 날씨, 주변의 나무, 또 무심코 지나가는 사람들을 상상합니다.

그대 자신도 이제 그 안에 들어가 함께합니다. 요한 쪽이든, 예수님 가까이든 자리를 잡으시지요. 그리고 되어 보는 것입니다.

요한도 되어 보고, 또 요한의 제자들도 되어 보고, 예수님도 되어 보고 심지어는 바람도 되어 보고, 구름도 되어 보고……. 되어 보는 것입니다. 인카네이션(incarnation), 육화, 되어 보는 것입니다.

예수를 소개하는 요한의 심정을 느껴 보시지요. 이는 결국 자기 제자들을 예수께 보내는 작업인데, 그런 선생님의 마음 가운데로 들어가서 느껴 봅니다. '세상 죄를 지고 가는 하나님의 어린 양이다.' 하는 음성을 들어 봅니다. 음색을, 목소리의 빛깔을 느껴 봅니다.

홀로 상상으로 가는 여행입니다. 상상은 하나님께서 우리 사람에게 주신 선물 중의 선물입니다. 선물을 사용하지 않는 것, 즉 은사, 달란트를 사용하지 않고 계발하지 않는 것은 게으름이요 죄악 중의 죄악입니다.

변화는 사람의 의지에서 오는 것이 아니라 상상에서 온다는 말이 있습니다. 이렇게 세계가 발전한 것도 바로 사람의 상상력 때문인 것입니다.

스승인 요한의 말을 듣고 예수를 따라가는 제자들과 함께 대화를 해 봅니다. '어떻게 그럴 수 있느냐?' '왜 예수를 따르려느냐?' 등등.

그때 두 제자와 함께 토론하고 있는 자기 모습도 거기서 빠져나와 또 바라봅니다.

> 예수께서 지나가시는 것을 보고서 말하였다. 그 두 제자는 요한의 말을 듣고, 예수를 따라갔다. 예수께서 (……) 보시고 (……) 물으셨다.

여기에 나오는 동사들을 따로 떼어서 충분히 묵상합니다.

보고, 듣고, 묻고, 말하고, 따르고…….

그렇습니다. 이것이 핵심 중의 핵심입니다. '잘 듣고 합니다.' '잘 보고 합니다.' '서로 소리 내어 알리며 해 나아갑니다.' 이것은 영성수련의 3박자 초점입니다.

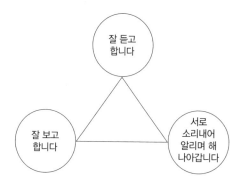

예수께서 돌아서서 그들이 따라오는 것을 보시고,

"너희는 무엇을 찾고 있느냐?"

　예수님이 돌아서는 모습을 자세히 관찰합니다. 표정, 눈빛, 옷자락……. 그리고 "무엇을 찾고 있느냐?" 하고 물으시는 음성을 들어 봅니다. 또 자기에게 물었다고 상상하고 대답도 해 봅니다. 머뭇머뭇한다면 왜 그런가도 찾아봅니다.

　정말 내가 찾고 있는 것이 무엇인가요? 무엇을 찾기에 성경을 읽고, 출근을 하고, 또 학교를 가고, 돈을 벌려고 할까요? 무엇을 찾고 있는 것입니까?

　찾고 있는 나는 누구이며, 어디 있는가를 찾아봅니다.

"랍비님, 어디에 묵고 계십니까?"

"와서 보아라."

예수와 제자들 간에 오고 가는 화두를, 단순한 물음이 아닌 엄청난 세계가 오고 가는 의미를 알아차립니다. 둘 사이에 있는 분위기, 눈빛들을 느껴 봅니다.

> 예수께서 묵고 계시는 곳을 보고, 그날을 그와 함께 지냈다. 때는 오후 4시쯤이었다.

그대도 함께 지내봅니다. 예수님의 체취를 충분히 느낍니다. 그분의 신발, 옷, 머리, 얘기할 때의 제스처, 목소리……. 잠잘 때의 모습도 상상해 봅니다. 그리고 살며시 그분의 손도 만져 봅니다.

왜 오후 4시를 이렇게 중요하게 언급했는지, 저자 요한의 의도를 알아차립니다.

안드레가 자기 형을 찾아가는 모습을 상상합니다. 당당한 걸음, 조금은 서두르는 듯한 발걸음, 상기된 얼굴들……. 형 베드로 앞에서 메시야를 만났다고 외치는 당당한 안드레의 모습. 거기에 함께하고 있는 자신을 또 느껴 봅니다.

시몬이 예수님 앞에 와서 예수님과 만나는 장면을 그려 봅니다. 그때의 엄숙함, 그러면서도 자연스러움, 기뻐하는 예수님의 모습. 조금은 당황하고 긴장한 베드로의 모습. 소개하는 안드레의 모습.

시몬이라고 하지 말고, 이제 베드로라고 부르겠다는 예수님의 음성을 들어 봅니다. 이때 베드로의 모습과 마음이 되어 봅니다. 자기도 베드로처럼 어떤 새 이름을 지어 달라고 부탁을 해 봅니다. 아침햇살이라고 부르리라. 바람이라고, 하늘이라고······.

이제 눈을 감고 가만히 있어 봅니다. 어떤 느낌인지 느껴 보시고 함께하시는, 지금 함께하시는 그분의 손길, 성령의 기운을 충분히 느낍니다. 충분히 말입니다.

우리 그리스도인들이 갖고 있는 좋은 습관 가운데 하나는 아침 혹은 저녁에 하는 큐티입니다. 그때 이 방법으로 해 보면 어떨까 합니다.

처음에는 상상이 잘 되지 않아 충분히 그 안으로 들어가지 못하겠지만, 계속하다 보면 누구나 들어갈 수 있는 방법입니다. 일단 이 맛을 느끼게 되면 성경 읽는 것이 얼마나 재미있고 신비스러운지 알게 될 것입니다.

저는 이 방법을 여러 영성지도자 과정에서 소개를 하고 있는

데, 처음에는 여러 가지로 많이 걸려서 상상으로 들어가지 못하는 것을 봅니다. 그것은 자기들이 배운 성경의 역사적 사실이 그렇지 않고, 또 모르는데 어떻게 상상으로 들어가느냐는 저항이 있기 때문입니다. 상상으로 가는 길인데도 못 들어가는 것을 볼 때 제 마음은 얼마나 안타까운지요. 그만큼 경직되어 산다는 것입니다.

신학과 교리의 노예가 되어, 어쩌면 신학과 교리, 교회제도를 위해 태어난 사람들처럼 그 안에 갇혀 있는 것입니다. 감히 말합니다. 그대들은 신학보다 더 큰 자요, 어떤 교리보다 소중하고 중요한 사람입니다. 그것을 아는 것이 영생입니다.

준법자도 되지만 입법자이기도 한 것이 왕 같은 제사장인 우리 아닐까요? 예수님은 그런 사실을 알려 주기 위해 오셨고 십자가를 지셨고 부활하신 것입니다.

진리는 역사적 사건, 사실 속에만 있는 것이 아닙니다.

너무 그런 것에만 빠지면, 사건 너머 생각 너머에 있는 신비를 놓치게 됩니다. 삶은 신비입니다. 하나님은 신비입니다. 사람도 신비입니다. 어쩌면 신비의 눈이 열리고 귀가 뚫릴 때, 비로소 삶을, 사랑을, 하나님을 조금이나마 알게 되는 것이 아닐는지요.

한번은 한 제자가 신비가 무엇인지를 물었습니다.

"존재라는 말을 쓰실 때, 그것은 영원한, 초월적 존재 말입니까? 아니면 무상한, 우유(寓宥)적 존재 말입니까?"

그러자 스승은 눈을 감고 생각에 잠겼습니다. 그리고는 눈을 뜨더니 지극히 무방비한 표정을 띠고 말하는 것입니다.

"음!"

나중에 스승은 말했습니다.

"실재(實在)에다 이름을 붙임과 동시에 그것은 이미 실재가 아니지."

"그것을 '실재'라고 부를 때조차도 말입니까?"

짓궂은 제자가 물었다.

"그것을 '그것'이라고 부를 때조차도."

그렇습니다. 실재하는 것은 어쩌며 다 신비입니다. 어떻게 실재를 개념이나 이론 안에 가둘 수 있겠습니까? 물이라고 말하거나 글자로 쓰는 대신, 물을 직접 마십시오. 신에 대한 설명을 이해하는 게 아니라 신을 직접 경험하는 것이 영성수련입니다.

그럼 끝으로 재미있는 얘기 하나로 오늘 수련을 마칩니다.

종교적 신조나 교리는 실재의 진술이 아니라 하나의 암시요, 인간의 사고가 못 미치는 저편에 있는 어떤 것에 대한 하나의 실마리입니다. 즉 근사치라고나 할까요. 요컨대 종교적 신조나 교리, 이론은 달을 가리키는 손가락일 뿐입니다.

그런데 어떤 종교인들은 그 손가락이 가리키는 달을 보지 못하고 평생 그 손가락을 연구하는 데 일생을 바칩니다.

또 어떤 이들은 그 손가락을 치장하고 꾸미는 데 일생을 바칩니다.

또 어떤 이들은 그 손가락을 빼는 데 경쟁에 경쟁을 합니다.

또 어떤 이들은 그 손가락으로 자기 눈을 후벼 팝니다. 그것도 성이 안 차서 남의 눈까지 후벼 파냅니다.

그 손가락에서 충분히 떨어져서 그것이 가리키는 것을 바라보는 구도자는 참 드뭅니다. 오히려 이들은 신조나 교리, 이론과 제도를 버렸기에 신성모독자로, 이단자로 여겨집니다.

자, 겁내지 말고 상상을 총동원해서 말씀 안으로의 여행을 즐기십시오. 교리를 답습하고 신학 이론에 자기를 맞추는 열심의 10분의 1만 상상으로 성경 읽기에 동원한다면, 엄청난 변화가 일어나고, 그대 안에 숨겨져 있고 눌려 있던 창조적 지성이 흘러넘칠 것입니다.

이 물을 한 모금만 마시면 영생하도록 솟아나는 샘물이 그 어디도 아니고 그 누구도 아닌, 바로 지금 여기 나 있음에 있음을 알아차릴 것입니다.

"내가 얼마나 오랫동안 너와 함께 있었는데 아직도 나를 보여 달란 말이냐? 나를 보니 아버지가 보이고, 아버지를 보니 이렇게 하나님과 내가, 아버지와 내가 함께 있지요."

당연한 것입니다.

아들이 그럼 누구하고 함께 있겠습니까? 아버지하고 있지요. 또 아버지가 누구와 함께 있겠어요? 아들하고지요. 신인합일(神人合一), 임마누엘입니다. 여기나없이 있음과 이곳나되어감의 하나. 임마누엘입니다. 임마누엘! 아멘?

우리는 성경을 읽는 것만으로 이미 큰 축복의 자리에 있습니다.

왜요? 성경은 영생을, 영원한 생명을 가르치고 있기 때문입니다. 그런데 "성경은 나에 대하여 증언하고 있다."고 주님께서는 가르쳐 주고 있습니다. (요한복음서 5:39) 이 얼마나 귀한 가르침인지요. '정말 예수님이 이렇게 멋질 수 있을까?' 하는 감탄이 저절로 나옵니다. 이런 사람이 지구에 왔다는 것만으로 이 지구는 이미 축복을 받은 것이지요.

성경을 가까이 두고, 읽고, 묵상합시다. 더 나아가서 내가 그 안에 들어가고 그 사람이 되어 보는 상상을 통해 관상(테오리아) 이 일어나도록 합시다.

단어와 단어 사이, 줄과 줄 사이를 읽읍시다. 그래서 한 말씀을 만나서 그 말씀을 두레박 삼아 영생하도록 샘물을 마심으로써 배에서 생수의 강이 터지는 경험이 일어나기를 기원합니다.

행복 연습

영성은 그 어떤 생각이나 이론, 기분이 아닙니다. 영성은 삶입니다. 그래서 수련(修練)이라는 말을 씁니다. 갈고닦고 연마한다는 것입니다. 연습한다는 말입니다. 그래서 자꾸 해 보라는 말을 많이 합니다.

그러고 보면 우리말에서는 그냥 '하라'가 아닙니다. '해 보라'입니다. '먹어라'가 아니라 '먹어 봐'. 그렇습니다. 본다는 것입니다. 관(觀)이라는 것입니다. 다른 말로 하면 각(覺)했다는 것이지요. 깨달았다. 깨어났다는 것이지요.

신앙수련에서 한번은 듣는 단계에서 보는 단계로 넘어가야 합니다. 요한복음 4장을 보면, 사마리아 여인의 전도로 동네사람들이 예수를 만납니다. 예수를 만난 동네사람들이 그 사마리아 여인에게 하는 말이 있습니다.

우리가 믿는 것은 이제 당신의 말 때문만은 아니오. 우리가 그

말씀을 직접 들어 보고, 이분이 참으로 세상의 구주이심을 알
았기 때문이오. (요한복음서 4:42)

그렇습니다. 직접 들어 보고, 보고 있습니다. 봤다는 것입니다.
욥기의 주제도 하나님을 보는 것입니다.

주님이 어떤 분이시라는 것을, 지금까지는 제가 귀로만 들었
습니다. 그러나 이제는 제가 제 눈으로 주님을 뵙습니다. (욥기
42:5)

바울도 고린도전서 13장에서 사랑의 핵심은 보는 것이라고 말
씀하시고 있습니다. 사랑은 사실을 사실 그대로 보는데서 시작
됩니다.

그러므로 영성수련은 막연히 해서는 안 되는 것입니다. 구체
적이어야 합니다. 생활로 수련되고, 몸으로 체득하여 삶이 그대
로 하나님의 작품이 되어야 합니다. 우리 안에 있는 감성과 오성
과 이성이 하나가 되어 창조적 지성으로 사는 것이 바로 하나님
의 작품이요 영성생활이 아니겠습니까?

들어서 아는 것은 아는 것이 아니고 안다는 생각을 갖고 있는
것입니다. 지식을 축적하고 있는 것입니다. 하나님을 안다는 것

도 마찬가지입니다. 정말로 하나님을 아는 것은 무엇일까요?

자전거를 어떻게 하면 잘 탈 수 있느냐는 것을, 책을 읽어 알고 강의를 들어 안다고 합시다. 그런데 어디 그것이 실제로 아는 것일까요? 자전거를 아는 것은 자전거를 실제로 타 보는 것입니다. 몇 번이고 넘어지고 처박혀 봐야 탈 수 있습니다. 그렇게 배운 자전거 타는 법은 수십 년이 지나도록 한 번도 자전거를 타 보지 않아도 타는 법을 잊어버리지 않고 금방 타게 됩니다. 그동안 자전거 타는 법을 외워 두려고 노력해 둔 적이 없는데도 말입니다. 그러나 그때 배운 다른 지식들은 거의 잊어버렸고, 또 잊고서 살지요. 이제는 거의 다 쓰레기 조각이 되어 버렸음을 볼 수 있습니다.

그렇습니다. 몸으로 배운 자전거는 잊어버리려고 해도 잊히지 않습니다. 수영하는 것도 그렇고, 걷는 것도 그렇습니다. 머리가 아닌 몸으로의 배움, 바로 체득입니다. 이렇게 몸으로 아는 것이 정말 아는 것입니다.

"너희는 진리를 알게 될 것이며, 진리가 너희를 자유롭게 할 것이다."(요한복음서 8:32)의 '알지니'가 바로 이렇게 아는 것입니다. '안다'라는 말은 히브리어로 '야다'인데, 야다는 부부가 동침했을 때의 그 동침과 같은 말이라고 합니다. 어떤 여자가 어떤 남자를 안다고 하는 것이 바로 이런 것이지요. 그러니 함부로 안 다고 해서는 안 되겠습니다.

내가 내 자신을 다 모르는데 어떻게 "나는 그 사람을 다 알 아." 하고 함부로 말할 수 있겠습니까? 그래서 요한복음서에서 안다는 말은 정말 중요하게 쓰이고 있습니다. 하나님을 모르는 것이 죄고, 영생은 하나님과 그가 보내신 유일한 아들 예수 그리 스도를 아는 것이라고 말합니다.

믿는 것과 아는 것을 같은 것이라고 보는 것이지요.

자, 오늘은 행복 연습을 해 볼까 합니다. 행복을 어떻게 연습 해서 하느냐고요? 이미 우리는 세상에서 무의식중에 연습돼 온 삶의 스타일 내지는 틀을 수없이 갖고 있습니다. 쉽게 말하면, 불행하게 살도록 된 수많은 라이프스타일을 갖고 있다는 것입 니다. 불행하게 살도록 연습했고, 또 연습하고 있으며, 자기뿐만 이 아니라 남도 불행하게 살도록 연습을 강요하고 있다는 것입 니다. 얼마나 끔찍합니까?

그래서 예수님께서 사람은 반드시 거듭나야 한다고 말씀하고 계신 것입니다. 달리 길이 없습니다. 거듭나는 길, 즉 깨어나는 길밖에는 사람 되는 다른 길이 없습니다.

영성은 연습입니다. 수련입니다. 경건의 힘쓰라고 성경은 말씀합니다.

영성은 깨어나기입니다. 깨어났다는 말은 사실 그대로 있음을 알아차리는 것입니다. 그렇게 알아차려서 무엇하느냐고요? 글쎄요. 무엇을 하려고 하는 것이 아닙니다. 그 알아차림 자체가 목적이라면 목적입니다. 그것이 삶이거든요.

그때서야 우리는 환상과 착각에서 벗어나 삶을 경험하는 것입니다. 눈을 할례받으면 보는 것이요, 귀를 할례받으면 듣는 것이요, 가슴을 할례받으면 사랑하는 것입니다.

제대로 보고, 듣는 것이 바로 사랑인 것입니다. 또 그것이 영생을 사는 것이고요.

먼저 자기가 있는 그 자리에서 시작합니다. 방이면 방, 자동차 안이면 자동차 안, 산책길이면 산책길, 백화점이면 백화점……. 어디에서든, 어느 때든 이 수련은 가능합니다. 그 대신 체득이 될 때까지 연습을 계속해야 합니다. 비밀은 연습에 있습니다.

올림픽에서 금메달을 딴 선수들의 라이프스타일을 조사한 얘기를 들은 적이 있습니다. 새벽 6시에 일어난 사람은 동메달이고, 5시는 은메달, 4시는 금메달이라고 하더군요.

결국 재능은 거의가 같은데 연습량에 달렸다는 얘기를 그렇게 하는 것이라고 저는 들었습니다. 쉬지 말고 기도하라는 말은 쉬지 영성은 깨어나기입니다.
깨어났다는 말은 사실 그대로 있음을
알아차리는 것입니다.
그 알아차림 자체가 목적입니다.
그것이 삶입니다.

말고 경건한 연습을 해 나가라는 것입니다. 기도는 깨어 할 때 기도이지 깨어 있지 못한 상태에서 하는 기도는 공염불이지요.

먼저 방에서부터 해 봅니다.
숨을 깊게 내쉬고 천천히 들이마십시오. 세 차례 정도 하면서 들리는 소리도 다 듣습니다.
냄새도 알아차립니다.
의자에 앉아 있는 자기 무게감도 알아차립니다.
그러면 마음이 금방 조용해지고 차분해질 것입니다.
이제는 있는 것을 알아차리고 그것을 '있구나.' 하고 생각만 하지 말고 말로 해서 자기 귀에 들려오게 합니다. 그리고 끝에 '_____ 있어 나는 행복해.'를 꼭 붙입니다.

음악이 있어 나는 행복해(잘 듣고, 잘 보면서 충분히 느낀다).
CD가 있어 나는 행복해(잘 보고, 잘 들으면서 충분히 느낀다).
책상이 있어 나는 행복해.
책이 있어 나는 행복해.
연필이 있어 나는 행복해.
수성펜이 있어 나는 행복해.
거울이 있어 나는 행복해.

노트가 있어 나는 행복해.

전기가 있어 나는 행복해.

스탠드가 있어 나는 행복해.

성경이 있어 나는 행복해.

찬송가가 있어 나는 행복해.

침대가 있어 나는 행복해.

이불이 있어 나는 행복해.

베개가 있어 나는 행복해.

샤워를 할 수 있어 나는 행복해.

변기가 있어 나는 행복해.

비누가 있어 나는 행복해.

수건이 있어 나는 행복해.

걸레가 있어 나는 행복해.

전화기가 있어 나는 행복해.

.

.

.

영성은 무슨 도깨비 방망이 같은 힘과 요술을 부려 없는 것을 있게 하고, 독심술을 가져 사람의 마음을 파악하고, 사람들을 지배하는 것이 절대로 아닙니다.

영성은 깨어나서 나의 나 됨을 알고 그것이 하나님의 전적인 은혜임을 아는 것입니다. 그래서 자기를 이해하고 이웃을 이해하고 역사와 사물을 이해하게 되어, 그 누구와도 막히지 않고 그 무엇과도 걸리지 않는 사랑과 자유로 사는 구체적 삶이요, 그 삶의 원리인 것입니다.

그러니 먼저 깨어났다는 말은 지금 있는 것부터 알아차리는 것이 아니겠습니까? 그동안 우리 머리와 가슴은 없는 것에 매여 있고 그 어떤 특별하고 유별난 것에 붙들려 있어서, 지금 있는 것은 못 누리고 없는 것을 있게 하는 데만 온 에너지를 써 왔습니다. 다른 말로 하면 꿈꾸거나 잠자고 있는 것입니다. 꿈과 잠인 줄 모르고 실제처럼 착각하고 있는 것입니다.

행복 연습은 이런 착각에서 벗어나는 구체적인 연습입니다. 있음을 알아차리십시오. 되어 감을 누리십시오. 그것을 구체적으로 찾아 적어 보거나, 또 말로 하여 자기 귀로 들어 보십시오. 녹음을 하여 명상용으로 듣는 것도 아주 좋습니다.

내 생각 안에만 있던 주님을 해방시켜 주십시오. 그래야 내가 해방됩니다. 땅에 매이면 하늘에 매이고, 땅에서 풀리면 하늘에서도 풀리는 법입니다. 내 생각이 끝나야 하늘이 시작됩니다.

다음은 자기 존재, 몸 알아차리기로 행복 연습을 해 볼까요.

나는 볼 수 있는 눈이 있어 행복하다.

나는 들을 귀가 있어 행복하다.

나는 만질 손이 있어 행복하다.

나는 걸을 수 있는 발이 있어 행복하다.

나는 씹을 수 있는 이가 있어 행복하다.

나는 맛볼 수 있는 혀가 있어 행복하다.

나는 글씨를 쓸 수 있는 손이 있어 행복하다.

나는 소화해 낼 수 있는 위가 있어 행복하다.

나는 해독할 수 있는 간이 있어 행복하다.

나는 대변을 눌 수 있는 항문이 있어 행복하다.

나는 소변을 볼 수 있는 요도가 있어 행복하다.

나는 식거나 더워지지 않는 피가 있어 행복하다.

나는 멈추지 않고 뛰는 심장이 있어 행복하다.

나는 한 달에 한 번씩 생리를 할 수 있어 행복하다.

나는 생각할 수 있는 머리가 있어 행복하다.

나는 지식을 저장할 수 있는 뇌가 있어 행복하다.

나는 사랑할 수 있는 가슴이 있어 행복하다.

나는 든든한 배가 있어 행복하다.

．
．
．

하나하나를 알아차려 가면서 일어나는 느낌에 충분히 머무릅니다. 이렇게 행복 연습을 하고 다시 보니 어떻습니까?

말이 아닙니다. 생각이 아닙니다. 충분히 느끼십시오. 세포가 즐거워지는 것입니다. 가슴에 사랑이, 온몸에 엔도르핀이 감돌 것입니다.

있음을 알아차리십시오. 그리고 있음을 감사하고 행복해하십시오. "항상 기뻐하십시오. 끊임없이 기도하십시오. 모든 일에 감사하십시오. 이것이 그리스도 예수 안에서 여러분에게 바라시는 하나님의 뜻입니다." (데살로니가전서 5:16~18)

그래요. 하나님의 뜻은 쉽고 간단합니다. 있음을 알아차리면서 기뻐하고 감사하는 것입니다. 하나님의 뜻대로 사는 것이 세상에서 제일 쉬운 길이지요. 만약 하나님의 뜻이 어렵다면 그것은 하나님의 뜻이 아닐 것입니다. 하나님의 뜻이라고 말해도 실상은 자기 생각이요 고집이요 욕심일 것입니다. 심각한 인생은 이미 실패한 인생입니다.

저는 저녁에는 건강을 위해 걷고, 아침에는 자연 명상 산책을 합니다. 공원에 나가 알아차리기를 하지요. 알아차리는 것도 자꾸 하면 더 잘 알아차리지만, 그렇지 않으면 멍청하게 그냥 못 알아차린 채 살게 됩니다.

공원에 나가 간단하게 몸 알아차리기를 합니다. 체조지요. 그리고서는 내 귀로 알아들을 만한 목소리로, 때로는 속으로 알아차리기를 해 나갑니다. 천천히 그 앞에서 충분히 느껴 가면서.

오늘은 소나무가 더욱 푸르게 보여 감사.

느티나무가 크게 잘 자라 주어 감사.

잔디밭이 넓어서 감사.

노랗게 물든 잔디밭이 평안해서 감사.

보도블록이 예쁘게 깔려 있어 감사.

(이때 보도블록이 이곳까지 설치된 경로도 묵상.)

잎이 다 진 은행나무가 시원해서 감사.

(이때 밑에 떨어진 은행잎이 어디로 와서 어디로 가는지 충분히 머무르며 묵상.)

지하수가 철철 나와 주는 것에 감사.

(지하수를 끌어올리는 펌프, 전기 펌프도 묵상.)

코끝으로 들어오는 시원한 바람이 있어 감사.

귀로 들려오는 차 소리가 있어 감사.

·

·

·

이렇게 알아차리기를 해 나가면, 가슴은 하늘만큼이나 푸르
고 맑고 넓어지지요. 그렇게 친해지는 나무, 풀, 꽃, 나비, 새, 바
람, 하늘, 별, 구름……. 생각으로 보는 것은 기억을 보는 것이지,
그 꽃이나 새를 보는 것이 아니지요. 내 생각이나 기억, 그 어떤
관념을 끼지 않고 있는 그대로 사물과 사람들을 보는 연습. 정말
꾸준히 해 나가야 할 숙제라면 숙제가 아닐까 합니다.

먼지 긴 유리창으로 세상을 본다면 그 세상은 어떨까요? 내
안경에 긴 먼지나 티는 보지 못하고 '하늘에 흠이 있으니 세상
이 더러우니.' 하고 평생을 산다면 끔찍하지 않아요?

자동차를 운전하면서, 전철 안에서, 버스 안에서 이 행복 연습
을 해 보면 어떨까 합니다. 멍청하게 앉아 있는 것보다 행복을
연습하기, 정말 좋지 않겠습니까? 특히 차가 막혀 꼼짝달싹 못
하고 멈춰 있을 때 그 시간을 짜증과 원망, 불평으로 보내시겠습
니까? 아니면 행복연습을 통해 행복한 시간을 가지시겠습니까?

결정하십시오. 내 행복은 그 누구도 가져다 줄 수 없습니다. 가져다 줄 것이라는 것은 생각이지 사실이 아닙니다. 그 무엇을 하면, 그 무엇이 되면 행복하다는 것도 생각이지 사실이 아닙니다.

행복은 사실이요 있음이지, 사람이 어떻게 하거나 만드는 것이 아닙니다. 행복 연습도 연습을 통해 행복을 얻거나 만드는 것이 아니라, 있는 행복을 여러 연습을 통해 만나고 느끼는 것이지요.

고속도로에서 차가 막혀 움직일 수 없을 때, 몸은 자동차 안에 있는데 마음은 약속장소에 있습니다. 연락할 길이 없습니다. 그때 그 사이에 끼어 고통을 겪어 본 사람이 있을 것입니다. 그대가 이런 경우에 처했다면 어떻게 하겠습니까? 들숨과 날숨을 알아차리고 가능한 깊고 길게 호흡을 해 봅니다. 그리고 자동차 안에 있음을 알아차려 봅니다.

멈추어 있지만 내 차가 사고가 난 것이 아니라서 행복해.

음악이 있어 행복해.

기름이 충분히 있어 행복해.

그래도 앉아서 기다릴 수 있으니 행복해.

돌리는 대로 돌아가 주는 핸들이 있어 행복해.

계기판이 있어서 자동차 상태를 알게 되어 행복해.

밟으면 속도를 내 주는 액셀러레이터가 있어 행복해.

또 밟으면 멈춰 주는 브레이크가 있어 행복해.

히터가 있어 따뜻함 속에 운전할 수 있어 행복해.

비가 오면 와이퍼가 있어 빗물을 닦아 주니 행복해.

밤이 되어도 헤드라이터가 있어 길을 밝혀 주니 행복해.

의자를 앞으로 당길 수도 있고 뒤로 밀 수도 있고 위로 올릴 수도 있으니 행복해.

내가 길을 내지 않았는데도 길이 다 나 있고, 포장이 되어 있고, 안내판까지 있으니 정말 나는 행복해.

.
.
.

이렇게 있음 하나하나를 알아차려 가면서 하나님과 자연, 이웃의 은혜와 고마움을 느껴 갑니다. 있는 것을 우연내지 당연히 여기는 것은 배은이요 망덕입니다. 그것이 그렇게 그 자리에 있기까지는 수천수만 년 동안 수천억의 사람들과 수만의 자연의 노고와 사랑, 헌신으로 되지 않은 것이 하나도 없기 때문입니다.

그래서 감사와 찬양은 사람 됨의 첫째 요건이라고 하지 않습니까?

끝으로 행복 게임 하나 같이 하도록 합시다. 이 게임은 가족들 끼리 혹은 연인끼리, 혹은 교회학교와 학교 교실에서, 야외에 나가서도 가능한 게임입니다.

두 사람씩 짝을 짓게 합니다.

한 사람이 먼저 앞사람의 있음을 알아차리고 "그래서 나는 행복해." 하고 말합니다.

바로 이어서 앞사람도 또 상대의 있음을 알아차리고 "그래서 나는 행복해." 하고 말합니다. 이것을 이어 가지 못하는 사람에게 재미있는 벌칙을 주는 게임입니다. 예를 들면,

아빠: 한빛, 네 눈이 참 맑구나. 그래서 나는 행복하다.
한빛: 아빠는 웃는 얼굴이에요. 그래서 저는 행복해요.
아빠: 한빛이는 정리정돈을 잘하지. 그래서 나는 행복해.
한빛: 아빠가 술, 담배를 안 하셔서 저는 행복해요.

.
.
.

삶은 심각하지 않습니다. 그런데 왜 이리 심각하게들 사시는

지요. 근심 대학 걱정과입니다. 근심이 전공이고 걱정이 부전공이십니까? 근심, 걱정, 불평하려고 지구에 온 것이 아니지 않습니까? 불행하게 사는 것보다 더 큰 죄가 어디 있겠습니까?

우리는 행복하게 살 자격이 있고, 이유가 있고, 의무가 있습니다. 행복하게 사는 것이 당연한 삶, 마땅한 삶인 것입니다. 행복하게, 기쁘게 살고자 하는 것은 식욕, 성욕과 같은 욕구입니다. 그래서 저는 영성에 대한 욕구는 인간 본성이라고 보고 있습니다. 또 그것이 하나님의 뜻이기도 하고요.

하박국 기자는 노래합니다. "무화과나무에 과일이 없고 포도나무에 열매가 없을지라도, 올리브나무에서 딸 것이 없고 밭에서 거두어들일 것이 없을지라도, 우리에 양이 없고 외양간에 소가 없을지라도, 나는 주님 안에서 즐거워하련다. 나를 구원하신 하나님 안에서 기뻐하련다." (하박국서 3:17~18)

그렇습니다. 통장에 돈이 없고, 월급이 오르지 않고, 아이들 성적이 떨어질지라도, IMF 구제금융을 받아 쓰고, 남북이 분단되고, 지역감정이 심화되고, 내가 원하는 사람이 대통령이 안 돼도 나는 주님 안에서 즐거워하고 하나님 안에서 기뻐하렵니다.

그렇습니다. 나로 인해 기뻐하고 즐거워하는 것이야말로 참 신앙 중의 신앙이요 영성입니다.

나는 나 있음으로 있다.

나는 나다.

나는 부활이요 생명이다.

이런 내가 좋다.

'이런 내가 싫어.' 하는 사람이 있습니다. 그래놓고 또 사랑을 받고 싶어 합니다. 그런데 내가 나를 싫어하는데 누가 나를 좋아하겠습니까? 자기를 사랑하면 자연히 가슴에서 눈빛에서 사랑은 흐르게 되어 있습니다. 먼저 눈을 사랑하십시오. 귀를, 코를, 입술을, 얼굴을, 가슴을, 손발을, 배를……. 사랑하십시오. 아니 사랑까지는 그만두더라도, 있다는 것만이라도 알아차려 주십시오.

다음에 자기 가까이에 있는 물건들, 사람들, 직장을, 사회를, 자연을, 국가를, 세계를……. 우주가 있다는 것만이라도 알아차려 줍시다. 그러면 사랑은 찾아와 그대를 사랑하게 할 것입니다. 사랑하지 않는 시간은 세월을 허송하고 있는 것입니다.

사랑 속에 있지 않은 것은 정말로 잘못 살고 있는 것입니다.

이곳····· 여기

하나님께서 우리에게 주신 은총 가운데 하나는 상상하기입니다. 사람은 상상을 할 수 있습니다. 상상은 어디에서 오는 것일까 하고 참 많이도 생각해 보았는데, 저는 하나님께서 주시는 선물 중의 하나로 여기 있습니다.

그런데 우리 기독교인들은 마음속으로 간음한 것도 이미 간음한 것이라는 산상수훈의 말씀을 잘못 받아들여 상상하는 것조차 꺼리는 것을 많이 볼 수가 있습니다. 그래서 기도할 때도 알고 지은 죄, 모르고 지은 죄, 생각으로 지은 죄, 상상으로 지은 죄를 용서해 달라고 기도하는 것을 볼 수가 있습니다.

그래서인지 이 상상하기를 수련 중에 안내하면 서먹해하고 어색해하는 것을 볼 수가 있습니다.

자, 상상도 못 합니까? 공상도 못 합니까? 어떻습니까?
오늘은 상상의 날개를 펴고 여행을 떠나 볼까 합니다.

먼저, 눈을 감습니다.

자세를 편안하게 취합니다.

자기 콧속으로 들어가는 숨과 나오는 숨을 알아차립니다.

오늘은 그냥 공상하기나 상상하기가 아닌 수련으로 하는 것이니, 주위의 소리, 냄새, 피부에 닿는 옷이 느낌 등을 알아차립니다. 그러면 금방 마음이 고요해지고 차분해지는 것을 느낄 수 있을 것입니다.

이제는 상상으로 여행을 시작하겠습니다.

먼저 초등학교 때 가장 행복했고 신났던 소풍이나 운동회, 학예발표회, 그 어디로든 좋습니다. 어느 한 장소로 갑니다. 구체적으로 하나하나 그곳의 풍경, 주변들을 떠올려 보세요. 그곳 상황이 상상이 되면 잠시 전체적으로 머무릅니다.

그러다가 거기 있는 물건들을 보고, 색깔을 보고, 소리를 듣고, 만져 보고, 맛보고, 냄새도 맡습니다. 될 수 있는 한 그곳의 상황을 생생하게 느끼십시오.

거기에서 당신은 무얼 하고 있습니까? 당신이 입고 있는 옷, 얼굴 표정, 마음이 어떻습니까? 또 무엇을 느끼고 있습니까? 이제는 모두를 보고, 듣고, 느끼고 있는 자신을 알아차립니다.

거기, 그곳에서 한 5분 정도 머물다가 지금 이곳으로 돌아옵니다. 지금 자기가 있는 방으로 혹은 교회당으로, 그리고 지금 이곳을 하나하나 자세하게 알아차려 봅니다. 그러면서 어떤 느낌인지를 알아차립니다. 그 느낌 속에 충분히 머물러 봅니다.

또다시 그곳 거기로 상상을 통해 갑니다. 아까 했던 대로 그곳의 상황을 구체적으로 보고, 듣고, 냄새 맡고, 충분히 느낍니다. 처음과 또 어떻게 다른지를 알아차립니다.

다시 또 이곳으로 돌아옵니다. 충분히 방 안이나 사무실, 교회당 안을 보고 듣고 냄새 맡고 충분히 알아차립니다. 그때 어떤 느낌인지요. 그것도 알아차립니다. 그 알아차린 느낌 속에 충분히 있어 봅니다. 느낌으로…….

이렇게 이곳과 저곳, 저기를 계속 왔다 갔다 하면서 자기 안에서 어떤 감정의 변화가 일어나는지를 알아차립니다.

이 수련을 하고 나면 다들 참 새롭다고들 말합니다. 이곳도 새롭고 저곳, 거기도 그렇게 새로울 수 없다고 합니다. 마음은 평안하고 행복감도 솟는다고 합니다.

그렇습니다. 거기에서 있었던 좋은 기운들을 이렇게 지금 이곳으로 옮겨 사용할 수 있는 길이 있는 것입니다. 행복했던 시절들을 떠올리는 것도 좋고요. 또 아주 아팠던 시절 외롭고 시렸던 순간으로의 여행도 다 좋습니다. 자꾸 상상으로 여행하다 보면 정화가 되어 모든 것이 좋은, 긍정적인 기운으로 남아 나를 나되게 하고 있음을 볼 수 있을 것입니다.

또 이 상상하기 수련은 장난기 없이 굳어진 마음으로 단단하게 살아가는 감뱅(?)에게 좋은 수련의 시작도 됩니다.

어느 한 사람을 지정하여 그 사람 팬티가 무슨 색깔인지 상표는 무엇인지, 또 사이즈는 얼마인지 상상하여 말하게 하는 것입니다. 이런 게임을 하다 보면 의외로 이런 상상조차도 저항이 있어 부끄러워하거나 쑥스러워서 못하는 분들을 많이 만난답니다.

어린아이들과 이 게임을 해 보면 아주 재미있고 쉽게 합니다. 상상하기는 어린아이들의 특징 중 하나입니다. 상상은 창조의 근원입니다. 실제 이 세상에 나타난 문화나 문명, 사상이나 이론, 예술작품들 모두가 상상에서 시작된 것입니다.

자동차의 발명도 그렇고 우주선 발사도 그렇고 컴퓨터도 그렇습니다. 상상에서 시작된 것입니다. 그러니 상상이 된다는 것은 가능하다는 것입니다. 그런 가능성이 세계를 하나님께서 주신 상상의 날개를 펴고 여행하는 것, 참 은총 중의 하나가 아니겠습니까?

자, 이번에는 성경 속으로 가 보겠습니다. 요한복음서 5장에 나오는 베데스다 연못으로 가 보겠습니다. 성경을 천천히 읽고 내용을 파악합니다. 눈을 감고 마음을 가라앉힙니다. 그리고 상상으로 떠납니다. 먼저 전체 분위기를 보고 듣습니다. 베데스다 연못의 크기를 상상합니다.

성서적 사실과 다르면 어떨까 하는 의심을 놓고 마음 놓고 상상하십시오. 지금은 상상할 때입니다. 연못의 색깔, 물의 깊이, 그곳에 모여 있는 사람들의 표정, 소리, 환자들끼리 나누는 대화 내용에도 귀 기울여 봅니다.

38년 된 환자의 얼굴, 들것의 모양, 색깔, 냄새, 그날의 날씨, 온도, 바람, 걸어오시는 예수님 모습, 옷, 표정, 냄새, 그리고 그 눈빛과 음성, 마음껏 상상하시고 충분히 느껴 봅니다.

마침내 자리를 들고 걸어가는 환자의 표정, 그때의 분위기, 그것을 보고 있는 예수님의 얼굴, 상상으로 만나고 듣고 보고 느낍니다. 그렇게 느낌 속에 충분히 머무릅니다.

충분히 느껴졌다 싶으면 다시 눈을 뜨고 성서 본문으로 돌아와 다시 한 번 천천히 읽어 내려갑니다. 변화하는 느낌을 알아차립니다. 그렇게 상상으로 그때 그곳으로 갔다 또 지금 이곳으로 왔다를 반복하며 성서를 읽어 봅니다.

성경은 하나님의 말씀, 계시입니다. 일반 책이 아니라는 말입니다. 그 안에는 엄청난 하나님의 영적 비밀이 숨어 있습니다. 그 숨어 있는 영적 비밀을 탐구하는 하나의 길이 바로 상상으로 성서를 읽고 보고 듣는 것입니다.

예수님께서 십자가를 지실 때, 그날의 날씨, 바람, 불타는 냄새, 군중들의 눈빛, 로마병정들의 표정……. 그렇게 보다 보면 전경의 눈에서 바로 그때 로마 병정들의 눈을 볼 수가 있고, 오늘의 데모 군중의 눈빛에서 그 당시 사람들을 다시금 느낄 수 있게 되는 것입니다.

그러니 성경 말씀이 살아서 오늘 지금 나에게 하는 말씀으로 임하는 것입니다. 성경이 나에 대해서 증거하는 책일 때 비로소 하나님 말씀이 되는 것입니다. 그 누구도 아닌 나에 대하여 말입니다.

영신수련을 처음 체계적으로 시작한 분은 이냐시오라는 사람인데, 그 이냐시오 영신수련의 핵심이 바로 상상하기입니다. 상상하기는 여기서 그치지 않습니다.

자기의 이미지나 미래상, 혹은 설계도를 놓고 구체적으로 상상하는 것도 영적 성장에 커다란 도움을 줄 것입니다. 한때 풍미했던 적극적 사고방식이라고도 할 수 있습니다. '될 수 있다'는 것도 바로 상상하기를 동원하는 것입니다.

자, 이제는 상상 여정의 마지막인 지구 명상으로 가 보겠습니다. 자기 앞에 실제로 지구본을 가져다 놓거나 있다고 상상을 합니다. 한참 동안 지구본을 바라봅니다. 그리고 상상으로 지금 내가 지구 바깥에 있고 지구는 지구본처럼 작게 하여 보고 그 위에 앉아 있는 자기를 상상해 봅니다. 어떻습니까?

　또 다른 방법으로 해 보겠습니다. 지구본을 바라봅니다. 한참 동안 보다가 눈을 감습니다. 앞에 있는 지구본만 하게 지금 내가 서 있는 지구를 작게 만들어 엉덩이 밑에 놓고 앉아 있다고 상상을 합니다. 거기서 별을 보고 달을 보고……

　그다음에는 그 지구를 빼 냅니다. 발이나 손으로 저 멀리 밀쳐 냅니다. 그리고 자기는 지구가 아닌 우주 한 공간에 떠서 별처럼, 아니 별이 되어 그분께서 움직이라는 대로 움직입니다.

　움직이면서 별들을 보고 침묵을 듣고 어둠을 느낍니다.

　그때 묻습니다.

　내가 지금 어디 있습니까?

　여기 있습니다.

　여기는 어디입니까?

　여기는 그 어디, 어느 곳도 아닌 여기입니다.

　언제 오셨습니까?

온 적이 없습니다. 그냥 있습니다.

누구로?

나로.

그 나가 보입니까? 느껴집니까?

예.

(이때쯤이면 다들 전율에 휩싸이고, 눈에는 눈물이 가슴에는 감격이 일어납니다.)

부활이요 생명인 나 있음을 발견하는 믿음세계에 들어가는 순간입니다. 바로 마음 차원에서 믿음 차원으로 들어가는 순간입니다. 아하!, 이 순간을 얼마나 기다렸던가. 이날이 바로 태초요. 이 하늘이 바로 새 하늘. 그렇습니다.

이곳에서 여기로의 여행

여기 나 있음으로 있는 나.

나를 보니 아버지가 보이고 아버지를 보니 나는 늘 아버지와 함께 있었지요. 임마누엘. 신인합일(神人合一)입니다.

내가 얼마나 오랫동안 나와 함께 있었는데 나를 보여 달라고 했던지요.

나는 다 이루었다.

그런 나 있음.

이런 내가 좋다.

나는 나다.

나는 부활이요 생명이다.

내가 결정한다.

나는 지금 한다.

．
．
．

이렇게 내가 나 된 것은 전적인 하나님의 은혜다.

다시 이곳으로 돌아옵니다. 이곳의 소리를 듣고 주변을 보고 냄새를 맡고 충분히 느낍니다. 앞에 있는 지구본을 꼭 안아 봅니다.

그럼 1994년 3월 24일 오후 4시 제가 믿음세계에 들어가는 것을 보고 친구 이병창 목사님이 쓴 시를 읽어 보겠습니다.

물

이병창

나는 태어나 본 적이 없소
태초의 하늘을 떠돌다가 오늘은
이승의 우물물로 고여 있다 해도
나는 한 번도 태어나 본 적이 없소
흘러가는 시냇물
파도치는 바다에서
나는 나로 춤을 추고 있을 뿐

나는 나이를 먹어 본 적도 없소

나는 어떤 추억도 없이

여기에서 여기로 흐르고 있을 뿐

꽃샘바람과 함께 흩날리는

봄눈과 함께 나는

하늘에서 땅으로

땅에서 하나의 흐름으로 돌아가고 있을 뿐

나는 어느 하늘 어느 땅에서도

머물러 본 적이 없소

나는 이전에 누구를 만난 적도 없소

한 점의 후회도 없이

나는 어느 누구의 것도 아닌 나로

지금 흘러가고 있을 뿐

이웃을 위한 기도

중보기도

신앙생활은 곧 기도생활입니다. 어떤 기도를 하느냐는 바로 어떤 삶을 사느냐와 같다고나 할까요. 또 어떻게 기도하느냐는 어떻게 살고 있느냐와 같은 것입니다.

나만을 위한 기도에서 너를 향하고, 이웃을 향하고, 나라를 향하고, 인류를 향한 기도를 해 본다면 나의 삶이 어떻게 달라지겠습니까?

그래서 오늘은 이웃들을 위해 어떻게 기도해야 할지 중보기도에 관해 생각해 볼까 합니다.

성경에는 주기도문 외에는 어떻게 기도하라는 구체적인 방법이 제시되지 않았습니다. 그러나 예수님께서, 또 사도들이 기도한 내용들이 소개되고 있으니, 그것으로 추론하여 기도의 방법을 찾는 데는 충분하지 않나 싶습니다.

사랑하는 사람을 위해 기도하는 것이 당연하지 않겠습니까? 우리 주님 예수께서도 자신의 사랑하는 제자 시몬을 위해 이렇게 기도하셨습니다.

> 시몬아, 시몬아, 보아라. 사탄이 밀처럼 너희를 체질하려고 너
> 희를 손아귀에 넣기를 요구하였다. 그러나 나는 네 믿음이 꺾
> 이지 않도록, 너를 위하여 기도하였다. 네가 다시 돌아올 때에
> 는, 네 형제를 굳세게 하여라. (누가복음서 22:31~32)

시몬이 믿음을 잃지 않도록 예수님께서는 기도를 하고 계십
니다. 저도 수련회를 통해 깨어난 우리 모두를 위해 기도하는데,
우리 주님과 같은 내용입니다. 믿음을 잃지 않고, 깨달음을 더욱
굳건히 해서, 하나님의 영적 비밀을 잘 간수하고 전하도록 말입
니다.

요한복음에는 대제사장인 예수님께서 마지막으로 이웃을 향
해 드리는 중보기도가 나오고 있습니다. 즉 사람들을 위하여 하
는 기도입니다.

> 나는 그들을 위하여 빕니다. 나는 세상을 위하여 비는 것이 아
> 니고, 아버지께서 내게 주신 사람들을 위하여 빕니다. 그들은
> 모두 아버지의 사람들입니다. 나의 것은 모두 아버지의 것이
> 고, 아버지의 것은 모두 나의 것입니다. 나는 그들로 말미암아

영광을 받았습니다. 나는 이제 더 이상 세상에 있지 않으나, 그들은 세상에 있습니다. 나는 아버지께로 갑니다. 거룩하신 아버지, 아버지께서 내게 주신 아버지의 이름으로 그들을 지켜 주셔서 우리가 하나인 것과 같이, 그들도 하나가 되게 하여 주십시오. (요한복음서 17:9~11)

이곳에서 보면 우리가 구하기 전에 하나님께서는 우리에게 필요한 것을 다 알고 계신데, 무엇을 구할 필요가 있느냐는 반문이 생깁니다. 그러나 그것은 논리 차원의 생각에 불과합니다. 기도는 신비요 경험입니다. 기도의 위력이라고나 할까요. 기도의 효험을 맛본 사람은 중보기도가 어떤지를 압니다.

예수님께서 어련히 아셔서 이웃들을 위해 기도하라고 하셨겠습니까? 대부분의 경우 큰 업적을 이룬 개인이나 국가, 눈부신 활동 뒤에는 개인의 능력이나 우연이 아닌 누군가의 중보기도가 있었음을 봅니다.

프랑스의 테야르 드샤르댕 신부는 《신의 영역》이라는 그의 저서에서, 어느 사막에 있는 성당에 앉아 기도하는 수녀에 대해 말하고 있습니다. 그는 그 수녀가 기도를 하면 우주의 모든 힘이 그 수녀의 소원대로 바뀌어 가는 듯하며, 세계의 축이 그 사막의 성당을 통과하는 것 같다고 했습니다.

야고보 사도도 그의 서신에서 말합니다.

> 그러므로 여러분은 서로 죄를 고백하고, 서로를 위하여 기도
> 하십시오. 그러면 여러분은 낫게 될 것입니다. 의인이 간절히
> 비는 기도는 큰 효력을 냅니다. 엘리야는 우리와 같은 본성을
> 가진 사람이었지만, 비가 오지 않기를 기도하니, 3년 6개월 동
> 안이나 땅에 비가 내리지 않았으며, 다시 기도하니, 하늘이 비
> 를 내리고, 땅이 그 열매를 맺었습니다. (야고보서 5:16~18)

또 '중보기도' 하면 사도 바울입니다. 어쩌면 그의 생애 전체
가 이웃을 위한 기도의 삶이라 하겠습니다.

> 나는 아버지께 무릎을 꿇고 빕니다. 아버지께서는 하늘과 땅
> 에 있는 각 족속에게 이름을 붙여 주신 분이십니다. 아버지께
> 서 그분의 영광의 풍성하심을 따라 그분의 성령을 통하여 여
> 러분의 속사람을 능력으로 강건하게 하여 주시고, 믿음으로
> 말미암아 그리스도를 여러분의 마음속에 머물러 계시게 하여
> 주시기를 빕니다. 여러분이 사랑 속에 뿌리를 박고 터를 잡아
> 서, 모든 성도와 함께 여러분이 그리스도의 사랑의 너비와 길
> 이와 높이와 깊이가 어떠한지를 깨달을 수 있게 되고, 지식을

초월하는 그리스도의 사랑을 알게 되기를 빕니다. 그리하여 하나님의 모든 충만하심으로 여러분이 충만하여지기를 바랍니다. 우리 가운데서 일하시는 능력을 따라, 우리가 구하거나 생각하는 것 이상으로 더욱 넘치게 주실 수 있는 분에게, 교회 안에서와 그리스도 예수 안에서, 영광이 대대로 영원무궁하도록 있기를 빕니다. 아멘. (에베소서 3:14~21)

나는 여러분을 생각할 때마다 나의 하나님께 감사를 드립니다. 나는 기도할 때마다, 여러분 모두를 위하여 늘 기쁜 마음으로 간구합니다. 내가 기도하는 것은 여러분의 사랑이 지식과 모든 통찰력으로 더욱 더 풍성하게 되어서, 여러분이 가장 좋은 것이 무엇인가를 분별할 줄 알게 되는 것입니다. 그리하여 여러분이 그리스도의 날까지 순결하고 흠이 없이 지내며……. (빌립보서 1:3~4, 9~10)

또 이어서 바울 사도는 자기를 위해서 기도해 달라고 아주 구체적인 부탁을 편지에 쓰고 있습니다.

온갖 기도와 간구로 늘 성령 안에서 기도하십시오. 이것을 위하여 늘 깨어서 끝까지 참으며 모든 성도를 위하여 간구하십시오. 또 나를 위하여 기도하기를, 내가 입을 열 때에, 하나님께서 말씀을 주셔서 담대하게 복음의 비밀을 알릴 수 있게 해 달라고 하십시오. 나는 사슬에 매여 있으나, 이 복음을 전하는 사신입니다. 이런 형편에서도, 내가 마땅히 해야 할 말을 담대하게 말할 수 있게 기도하여 주십시오. (에베소서 6:18~20)

중보기도는 성숙한 사람의 기도입니다. 중보기도는 영적으로 성장할 수 있는 길 중의 길입니다. 나의 관심과 필요에 갇혀 나를 넘어서 생각해 본 적이 없던 사람이, 다른 사람의 관심과 나라의 필요를 알아차리고 기도를 한다는 것이 얼마나 큰 성장을 가져올지 짐작이 되지 않습니까?

중보기도 없이 자기만을 위해 하는 기도는 잘못하면 공염불이 될 수 있습니다. 왜냐하면 하나님께서는 개인의 욕심을 들어주자고 계시는 분이 아니시기 때문입니다. 그런 기도는 바른 기도가 아니지요.

자, 그러며 지금부터 중보기도를 해 보도록 하겠습니다.

먼저 들숨과 날숨을 알아차립니다.
들리는 소리, 냄새…… 등을 알아차립니다.
하나님 안에 있음을 알아차리시고

예수님과 함께하고 있음을 충분히 느끼십시오.

인자하신 모습으로 차근하게 함께하고 있는 그분이 충분히 느껴지시면 시작하십시오.

이웃 중에서 한 사람을 정하십시오.

그리고 그 사람의 마음이 되어 간절히 하나님께 아뢰십시오.

아뢸 때 소리를 낼 경우, 자기 목소리를 들으며 하시고, 생각으로 할 경우 느낌을 충분히 전하십시오.

구체적일수록 좋습니다.

그분 위에 하나님의 사랑이 넘치는 것을 느껴 보십시오.

고통에서 벗어나 환해지는 모습을 상상해 보십시오.

또 다른 이웃을 위해……

나라를 위해서…….

이웃 나라를 위해…….

중보기도는 공염불이 아닙니다. 중보기도를 하기 전에 무엇보다 하나님 안에 있음을 충분히 느끼는 것이 필요합니다. 예수님과 함께하고 있음을 알아차리고 그 느낌 안에서 하는 것입니다.

중보기도는 단지 자기 바람과 생각의 나열이 아닙니다. 그것은 그 사람을 기억하는 것에 불과합니다. 물론 기억하는 것 자체도 사랑이지만 중보기도는 그런 것이 아닙니다.

기도인 것입니다. 예수님의 현존 앞에서 하나님께 아뢰는 기도인 것입니다. 마음과 마음, 영과 영의 공명현상이 일어나야 된다는 것입니다. 그 공명 속에서 하나 됨을 경험하기 시작하면 중보기도의 맛을 느끼기 시작한 것이라 하겠습니다.

이번에는 우리 수련회 때 하는 '그리스도의 기도'를 해 보겠습니다. '그리스도완전충만, 일체은혜감사'를 소리 내어 하고 그것을 자기 귀로 들으면서, 충분히 느껴 가면서 하는 것입니다.

예를 들어, 외도하는 남편을 위한 중보기도를 한다고 합시다.

먼저 방석 하나를 준비하고 앞에 놓습니다.

방석에 외도하는 남편을 앉힙니다.

눈을 감고 남편을 구체적으로 상상합니다.

남편의 인상, 옷차림, 앉은 자세, 냄새, 숨소리…….

손을 들어 남편을 향합니다.

비록 바람을 피웠지만 그것은 허상이고 껍데기입니다.

실상은 그리스도인 것입니다.

그분을 감싸고 있는 하나님의 사랑, 그리스도 예수의 은혜를 느낍니다.

그리고 소리를 내어 기도를 시작합니다.

그리스도완전충만, 일체은혜감사.

그리스도완전충만, 일체은혜감사.

·
·
·

자기 기도 속에 흠뻑 빠져 들어갑니다.

10분도 좋고

15분도 좋고

·
·
·

1시간도 좋습니다.

그리스도완전충만, 일체은혜감사.

．
．
．

기도를 다 한 다음에는 상상으로 남편을 꼭 안아 줍니다.

이 그리스도의 기도는 저를 포함해서 많은 사람들이 효과를 보고 있는 기도입니다.

그동안 남편을 위해서 기도한다고 하면서도 알아차리지 못해 그렇지 남편을 밀어내고, 멸시하고, 무시하는 기운이 눈빛이나 말씨, 몸을 통해 전해지고 있었습니다. 그러나 바깥에서는 남편을 끌어내는 기운이 오고 있습니다.

그런데 남편을 위해 기도하면서 바람피우지 않게 해 달라고 말로만 기도하는 것은 맞지 않습니다. 먼저 남편을 보고 나의 눈이, 마음이 바뀌어야 합니다. 바람피우는 기억, 껍데기의 남편이 아닌 바람피운 적이 없는 실상의 그리스도로 보아야 합니다. 그래야 중보기도의 효과가 나타나기 시작하는 것입니다.

또 이런 기도를 몇 번 하고 효력이 없다고 말하지 말고 3달, 6달, 1년, 3년 동안 해 보십시오. 꼭 효과를 보실 것입니다. 또 그렇게 기도하는 동안 깨달음의 은총이 무궁무진할 것입니다.

자녀들을 위한 기도도 한번 같이 해 보고 싶습니다. 저도 아이 둘을 키우고 있지만(실상은 아이들이 부모를 키우지요.) 잔소리를 하거나 화를 내서는 그들을 변화시킬 수 없음을 알게 되었습니다. 꾸준한 인내가 필요함을 알았습니다. 그래서 내 나름대로 기도법을 발견한 것입니다.

교회에 가서 말로 기도는 했지만, 기도하고 오면 금방 잔소리하고 화를 내는 나를 보았기 때문이지요. 이래서는 안 되겠다 싶어 발견한 기도가 바로 이것입니다.

아침, 저녁에 특히 잠자리에 들기 전에 아이들을 구체적으로 상상합니다. 그리고 나로부터 나가는 기운이 아이들을 이해하는 따뜻한 기운이 되어 나가는 것으로 상상합니다. 아이들도 이 기운을 받고 하나님 안에서 아빠를 신뢰하는 모습으로 변하는 모습을 구체적으로 상상합니다.

그렇게 환해진 모습 그대로를 하나님 앞으로 가져가서 마음속으로 기도합니다.

우리 한소리 한빛이가 건강하게 하소서.
착한 마음을 갖고 행복하게 살게 하소서.
가지고 있는 소질과 재능을 잘 드러내어
이웃과 더불어 사랑의 세계를 살게 하소서.

．
．
．

사랑은 간섭이 아닙니다. 간섭과 걱정으로는 아이들을 새롭게 할 수 없습니다. 기도와 관심, 이해와 사랑을 지닌 마음, 영적 기운을 회복하는 것이 먼저입니다.

수험생을 위한 기도도 한번 생각해 볼까요? 보통 입시철이 되면 자녀들의 합격을 기원하는 '100일 여리고 작전기도' 같은 것을 합니다. 그런데 여기에 큰 함정이 있습니다. 무조건 합격을 위해서 하는 기도는 바른 기도가 아니라는 것입니다. 왜냐하면 내 자녀가 합격하면 누군가가 떨어져야 하니, 어떻게 이것이 기도가 되겠습니까?

더욱이 불합격을 하면 하나님의 영광을 가리게 되니 절대적으로 합격시켜 달라고 떼쓰는 기도는, 치유 내지는 위로가 조금은 될지 몰라도 바른 기도는 아닙니다.

하나님의 영광은 내 자녀의 합격으로 드러나고 불합격으로 가리는 그런 것이 아닙니다. 그것은 자기 생각에 빠진 착각이지요.

불합격의 요인은 기도가 부족해서가 아닙니다. 먼저는 실력이 부족한 탓이고, 실력이 있는데도 떨어진 경우엔 자기 적성에 맞지 않기 때문에 다른 전공을 찾으라는 하나님의 인도하심이 있기 때문일 것입니다. 더 나아가서는 생체 리듬이 하강기에 있기 때문일 것입니다. 그럼 기도를 함께해 봅시다.

먼저 숨을 알아차립니다.
자녀를 떠올리시고 하나님과 함께하고 있음을 느낍니다.
그리고 기도를 시작합니다.
부족한 나에게 이런 예쁜 자녀 주신 것을
진심으로 감사드립니다.
우리 아이는 밝고 건강하고 튼튼합니다. 말도 잘하고, 웃을 땐 해보다 더 빛나고, 아플 때도 그렇게 고마울 수가 없습니다.
아버지 하나님, 이번에 우리 아들이 시험을 봅니다. 무엇보다도 하나님께서 주신 재능을 충분히 발휘하게 하시고, 전공을 잘 찾아 평생 그 전공으로 자기를 실현하며 기쁘게 살게 하소서.
그 실현하는 기쁨이 또 이웃들에게도 기쁨이 되게 하소서.

사업을 하시는 분의 기도도 짧게나마 한번 생각해 봅시다. 교회에서 하는 기도만 기도인 줄 아는데, 그것은 일부분이지요.

진정한 기도는 자기 직장에서, 일터에서 하는 것입니다. 즉 일이 기도요 삶이 기도라는 말입니다. 저희 신학교 시절엔 '생활 즉 목회'라고 새긴 나무판이 기숙사에 붙어 있었습니다. 그렇습니다. 삶이 기도이고 기도가 삶이 될 때, 더 이상 분리되지 않은 전체로, 하나로 사는 것이 아니겠습니까?

신앙 따로 생활 따로가 아닌 생활, 신앙 즉 생활입니다. 영성 즉 생활, 생활 즉 영성이라는 말입니다. 어떤 분은 교회에서 철야기도, 심야기도, 새벽기도를 실컷 하고 와서는 정작 직장에서 졸거나 무기력하게 근무를 하는데, 이것은 아니지요. 오히려 그리스도인이 직장에서 주인의식을 가지고 창조적 지성을 발현해야 그것이 참된 기도생활이 아닐까요?

물건을 잘 만들어 그 물건을 사용하는 사람들이 편리하고도 능률적인 삶을 살도록 하는 일 자체가 바로 기도 중의 기도가 아닐까요? 그렇습니다. 기업가의 기도는 일 속에 있습니다. 그렇게 기도 속에서 일을 하다 보면 물질의 축복은 자연히 따라오는 것이지요.

돈을 벌기 위해 무엇을 하는 것이 아니라 인류의 행복을 위해 일하다 보면 특허도 나오고 새로운 아이디어 상품도 나오고 노

벨상도 타는 것이 아니겠습니까? 과학자들의 기도는 연구 속에 있고 그런 과학자들의 발견 덕분에 인류가 얼마나 편리하게 살아가고 있습니까? 우리는 또 이런 사업가, 기업가들이 많이 나오도록 또 중보기도를 해야겠습니다.

오랜 목회와 영적 안내를 통해 제 나름대로 얻은 것이 있습니다. 그것은 신학적 지식이 없고 하나님에 대해 논리정연하게 모를지라도 오래도록 기도생활을 한 권사님이나 장로님들과 영성을 나누다 보면 오히려 더 잘 통한다는 것입니다.

오히려 신학적 지식이 빠진 주지주의자들과는 더 통하지 않음을 보았습니다. 특히 중보기도를 오래 해 온 사람일수록 확장된 나를 살고 있음을 보았습니다. 그런 사람들이 하나님과 일치된 삶을, 이웃과 일치된 삶을, 자녀와 일치된 삶을 살고 있더라고요.

그렇습니다. 기도는 생각으로 하는 것이 아닙니다. 마음으로 하는 것입니다. 마음과 마음의 교통, 공명(共鳴), 느낌과 느낌의 교류. 중보기도는 그런 것입니다. 하나님 마음과 내 마음과 이웃의 마음의 삼위일체입니다.

어떤 문제를 내가 직접 해결하려는 것이 아니라, 그분께서 하시도록 나를 내려놓는 것이 중보기도의 핵심입니다.

어떤 문제를
내가 직접 해결하려는 것이 아니라,
그분께서 하시도록 나를 내려놓는 것이
중보기도의 핵심입니다.

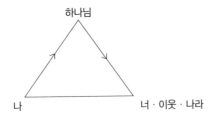

남편과 아내의 관계가 어려운 것은 바로 나와 하나님의 관계
가 그만큼 잘못되어 있음을 가르쳐 주는 결과이지 원인이 아니
라는 것입니다.

지혜로운 사람은 압니다. 영성생활을 하는 사람들은 압니다.
내가 아버지를 떠나서는 아무것도 할 수 없음을 말입니다. 중보
기도를 하면 할수록 나와 하나님의 하나 됨을 알아차리게 될 것
입니다. 결국은 너를 위한 기도도 나를 위하는 것이 되고, 나라
를 위한 기도도 나를 위하는 것이 됩니다.

나를 바로 사랑하는 길이 바로 중보기도의 핵심입니다.

일체가 나를 떠나 나에게로 돌아오고 있습니다. 주님께로부터
와서 주님께로 돌아가고 있지요.

모닝 페이퍼
쓰기 명상

내가 무엇을 하고 싶어 하는지, 내가 왜 이렇게 짜증이 나고 만사가 귀찮은지……. 이런 저런 부정적 생각에 붙잡힌 채 살아가는 사람들을 참 많이 만나게 됩니다.

정말 한평생 무엇을 하고 싶은지도 모른 채 살다가 간다고 생각하면 끔찍하지 않습니까? 또 때때로 밀려오는 우울과 무기력이 어디서 오는지도 모르고 거기에 묶여 그냥 하루하루를 넘기는 것을 삶으로 알고 살고 있다면 비참하다는 생각이 들지 않겠습니까?

그래서 오늘은 그런 부정적 생각, 여기서는 그것을 센서(censor)라고 부르겠습니다. 센서는 감시 내지는 비판자라고 하면 되겠습니다. 센서는 잠재의식 때문에 나를 나로 살지 못하게 막는 부정적 억압이나 감시 내지는 비판자라고 하면 되겠습니다. 쉽게 말하면, 사탄이라고 이름 붙여도 되지 않을까 합니다.

우리 안에는 하늘로부터 받은 창조적 지성, 즉 '하늘씨앗'이다 있습니다. 그 하늘씨앗은 각자의 소질과 재능으로 나타납니다. 그래서 저는 달란트 개발, 은사 발견을 아주 중요한 테마로 다루고 있습니다.

성령을 받고 교회에서 역동적으로 활동하는데, 어느 날 보면 그냥 침체되어 있거나 자기 됨으로 활짝 피어나지 못하고, 경직된 활동을 하는 교우들을 보면서 왜 저렇게 냉담하게 굳어질까 하는 것이 한 때 저의 화두였습니다.

그래서 나름대로 알아차린 것인데, 그런 사람들 대부분이 자기 일이 없다는 것이고, 또 일이 있어도 그 일 속에서 자기 실현을 못하고 있다는 것입니다.

바깥에서 주어진 명분과 의미로 하는 일은 어느 정도까지는 힘을 내고 정열을 쏟지만 오래가지는 못하더군요. 사실 내 안에서 하고 싶어서 할 때 힘이 나고 신이 나서 기쁨으로 살게 되고, 결국 그 일이 내게 에너지를 주는, 서로 살리고 살리는 상생(相生)의 삶을 살게 되는 것입니다.

즉 자발성입니다. 자발성. 바로 창조적 지성입니다. 이 창조적 지성은 하고 싶은 것을 할 때 절로 솟아나는 것입니다. 이때는 피곤함도 모르고 시간 가는 줄도 모르고 고통도 모르지요. 그냥 그 일이 좋아서 하게 되고 그 일이 나의 일이니까 하는 것입니다.

예수님도 내 아버지께서 일하고 계시니 나도 일한다(요한복음서 5:17)고 하셨는데, 바로 이런 경지를 말씀하고 계신 것이 아닌가 합니다.

그러면 내 안에 있는 그런 하늘씨앗을 어떻게 찾아낼 수 있을까요? 즉 내가 하고 싶은 것을 어떻게 알아낼 수 있을까요? 바로 그것이 영성수련의 핵심이요 삶의 핵심이지요. 어떻게 딱 이것이라고 한 방법으로 제시할 수는 없겠지요.

하지만 많은 사람들이 우리 앞에서 그런 삶을 살고 갔으니 길이 있지 않겠습니까? 즉 요령이 있다는 것입니다. 그 요령을 만나는 것이 선생님을 만나는 것이요, 지혜를 만나는 것입니다. 그런 선생님과 지혜를 만나는 것을 저는 최고 복이라고 생각하고, 또 그런 요령을 가르쳐 주는 것이 최고의 선물이라고 믿고 있습니다. 불교에서도 법보시(法普施)가 최고의 보시라고 하지 않습니까?

탈무드에 나오는 유명한 말이 기억납니다. 고기를 잡아 주는 것이 참사랑이 아니라, 고기 잡는 방법을 가르쳐 주는 것이 진짜 사랑이라는 말 말입니다.

그래서 오늘도 깨어난 삶으로 가는 방법 하나를 안내하겠습니다. 이름하여 모닝 페이퍼(Morning Paper)입니다.

1. 모닝 페이퍼는 자기 안에 있는 의식의 흐름을 그냥 적어 가는 것입니다

무엇을 쓰겠다는 주제나 잘 쓰겠다는 의도 없이 그냥 생각나는 대로 적어 가는 것입니다. 그럼 얼마나 쓰느냐고요? 매일 A4용지나 대학노트 3쪽 정도면 좋습니다.

모닝 페이지는 일종의 쓰기 명상입니다. 명상은 씻는다는 말이거든요. 손이 더럽고 발이 더럽고 몸에 땀이 있을 때 씻으면 얼마나 시원하고 깨끗한지를 아실 것입니다. 그때의 기분을 말입니다.

그런데 생각 즉 머릿속을 어떻게 씻고 닦아 낼 수 있을까요? 머리가 복잡하고 무거운데 무엇으로 머릿속을 청소한다는 말입니까? 이런 머리를 깨끗하게 해 주는 것을 명상이라고 하는데 그런 명상요령은 수만 가지가 넘겠지요.

그중에서 나의 처지나 입장, 체질에 맞는 방법을 골라 때가 끼어 복잡하고 녹이 슬어 무거워진 머리를 씻고 닦아서, 가볍고 맑은 머리를 갖고 사는 것이 성공적인 삶을 살 수 있는 비결 중의 비결이 아니겠습니까?

옛날에는 정신적인 일을 추구하는 사람들만 하던 명상 훈련이 이제는 도시 한복판 곳곳에서 누구나 접할 수 있는 것이 되었습니다. 심지어 운동선수들까지도 명상훈련을 해야 좋은 성적을 올린다는 과학적 실험보고서가 나오고 있는 실정입니다.

뇌파를 8~12헤르츠, 즉 알파파일 때 가장 창조적인 생각들이 나오고 마음도 그때가 가장 평온하답니다. 요즘 시장에서 학교 성적을 올려 준다고 선전하며 판매하는 엠시스퀘어 같은 것들도 다 인위적으로 이런 알파파를 만들려는 시도인 것입니다.

그러나 이런 것들은 바깥에서 인위적인 것으로 뇌파를 만드는 것이기 때문에 일시적이고, 또 부작용도 있을 수 있습니다. 그러니 알파파를 만드는 길은 우선 호흡을 깊고 길게 하면서, 들숨과 날숨을 알아차리는 호흡기도가 가장 효과적이라고 하겠습니다. 그다음에는 자연 가까이 가서 새소리, 물소리, 바람소리를 오랫동안 깊게 듣는 것입니다. 또 부드러운 음악, 찬송, 클래식을 듣는 것도 방법 중 하나입니다.

모닝 페이퍼는 쓰는 것을 통해서 생각을 배설하는 것입니다.

변비가 얼마나 고통스러운지는 겪어 보신 분이라면 다 아실 것입니다. 들어온 생각이 나가지 않고 아주 단단히 굳어져서 어떻게 할 수 없는 지경에 이르는 것도 마찬가지겠지요. 편두통이나 고혈압이나 스트레스가 다 이런 것에서 기인하는 것입니다.

쓰기 명상인 모닝 페이퍼는 아주 구체적인 명상 방법 중 하나라 하겠습니다.

2. 모닝 페이퍼는 글짓기가 아닙니다. 그냥 두서없이 생각나는 대로, 의식의 흐름대로 써 내려가는 것입니다

이것은 내가 다시 읽는 것도 아니고, 그 누구에게 보여 줄 것도 아니며, 무슨 잡지에 소개할 글은 더더욱 아닙니다.

3쪽을 썼으면 그것을 봉해 두는 것도 좋고, 아니면 그 자리에서 그냥 그것을 태우거나 찢어 버리는 것도 좋습니다. 뒷일은 잊어버리는 것입니다.

저도 종종 이 모닝 페이퍼를 하고 있고, 주위에 소개하여 하고 있는 분들도 제법 있습니다. 다음은 이것을 통해서 들은 얘기들입니다.

- 자기 안에 이렇게 생각이 많은 줄 몰랐다.
- 자기는 쓰는 것이 어렵고 힘들고, 또 글을 못 쓰는 사람인 줄로만 알았는데, 모닝 페이퍼를 얼마간 하고 나니 자신이 그렇게 글을 잘 쓰는 사람인 줄 몰랐다. 이제는 누가 원고를 부탁해도 금방 쓸 것 같다.
- 자기 안에 있는 생각들이 정리되어 참 머리가 가볍다. 그래서 조금 복잡하고 심란하면 그때마다 모닝 페이퍼를 한다.
- 불로 태울 때는 자기 안에 있던 많은 생각들이 연기와 더불어 사라지는 것을 느낄 수 있어 좋았고, 찢을 때는 그 소리가 마

음을 아주 상쾌하게 해 준다.

• 내가 무엇을 하고 싶어 하는지 점점 알아차리게 되고 명료해지고 있음을 알았다. 그것은 사랑을 구체적으로 받고 싶고 사랑하고 싶어 하는 것이었다. 그런데 그렇게 못하게 하는 센서인 수줍음, 두려움, 어색함을 알아차리고 그것들에 대해서 모닝 페이퍼로 표출해 주니, 그런 느낌이 언제, 어디서부터 기인했는지도 알아차리게 되는 신비를 정말로 많이 경험하고 있다.

•
•
•

3. 모닝 페이퍼는 하나님께서 주신 창조적 지성을 일궈 내는 힘이 있습니다

창조성은 하나님께서 주신 사람의 본성입니다. 본성으로의 회복이 바로 구원입니다. 그러니 구원받은 삶은 다른 말로 하면, 창조적 지성으로 산다는 것입니다.

'창조적 지성' 하니까 무슨 예술가나 대학교수, 과학자들만 그렇게 사는 줄로 아는데 절대로 그런 것이 아닙니다. 음식을 만드는 주부인 경우 창조성을 매일매일 일깨울 수 있습니다.

요리에 양념을 달리해서 맛을 새롭게 만들 수 있고, 당근이나 오이를 잘라서 접시에 놓는 것도 모양을, 또 어울림을 새롭게 할 수 있는 것이 아닐까요? 그것이 바로 작품인 것입니다.

어떻게 하면 하나님의 작품으로 삶을 살게 할 수 있을까 하는 것이 제가 추구하는 방향입니다.

비디오 가게를 하는 사람도 창조성을 발휘할 수 있습니다. 더욱 웃는 얼굴로, 밝고 환한 옷맵시로 아주 상냥하게 고객들을 맞이하며, 고객이 찾는 영화에 대해 친절하게 설명해 줄 수 있습니다. 더 나아가서는 영화를 소개해 줄 수도 있습니다. 제가 다니는 비디오 가게는 그렇습니다.

그런데 우리 아파트 앞 비디오 가게 주인은 담배를 물고, 색안경을 쓰고, 퉁명스럽기 짝이 없어요. 웃는 얼굴은 본 적이 없고 또 비디오를 소개한 적도 없어요. 그러니 제가 그 가게를 가겠습니까? 결국은 얼마 지나지 않아 문을 닫고 말더라고요.

매년, 매주 같은 과목을 가르치는 선생님도 마찬가지입니다. 새롭게 깨달은 것을 전할 때 자기도 신나는 것이 아닐까요?

창조성은 언제 어디서든지 발휘할 수 있는 신의 선물 중의 선물입니다. 선물을 받지 않고 거절하는 것은, 또 선물로 주었는데도 그냥 묻어 두고 사는 것은 게으름이요, 교만이요, 선물을 주신 분을 업신여기는 것이 아닐까 합니다. 그러니 이보다 더 큰 죄가 어디 있겠습니까?

성경의 달란트 비유에서 나오는 것처럼 악하고 게으른 놈이지요. 슬퍼 울며 이를 갈아야 한다고까지 경책하고 있습니다. 그러니 하나님 앞에서 최고의 죄는 자기의 소질과 재능을 모르고 사는 것입니다.

자기가 무엇을 하고 싶어 하는지도 모른 채 그냥 사돈 장에 간다고 장에 가고, 축구한다고 축구하고, 교회 개척한다고 교회 개척하는 그런 삶인 것입니다.

모닝 페이퍼는 자기가 무엇을 하고 싶어 하고 또 얼마나 하고 싶어 하는 열정이 있는지를 알아차리게 해 줄 것입니다.

4. 모닝 페이퍼를 하다 보면 하고 싶은 것을 내가 왜 못하고 있는지도 알아차리게 됩니다

즉 센서(censor)의 발견입니다. 이 센서는 아직 내가 알아차리지 못하고 있는 억압하는 비판자입니다.

'네가 무슨 작품을 한다고?' '네가 무슨 상담가가 된다고 웃기지마.' '네가 무슨 조각을 한다고 그래. 목사가 목회나 하지.' '네가 교회를 나간다고. 죽을 때가 되었나 보지. 네가 교회 나가는 것을 보면 개가 웃겠다.' 등등.

우리의 약점이나 과거의 실수, 평가를 빌미로, 그것도 아주 구체적으로 제시하면서 창조성을 막는 것들이 바로 센서입니다. 그래서 이 센서를 없애는, 아니 그것이 사실이 아니고 실제가 아니며, 단지 그 누구의 생각이고 평가이며 이론임을 경험하고 그것으로부터 나오는 수련이 중요합니다. 센서는 어쩌면 나를 나 되게 하고 창조성을 일으키는 암시입니다.

그러니 싸우거나 센서의 말에 무조건 순종하는 것이 아니라, 그 센서가 무엇을 가르치고 있는지를 알아 그 센서를 통해 오히려 창조성이 무엇인지 알고 창조성을 키우는 계기로 만들 수 있는 것입니다. 비판을 넘어서고 비웃음을 비켜 나아갑시다. 나는 오늘도 내일도 모레도 나의 갈 길을 갈 것입니다.

아주 오래전부터 내 안에서 조각을 하고 싶은 생각이 자꾸만 일어나는 것을 볼 수 있었습니다. '호기심이겠지, 그러다가 지나가겠지, 내가 무슨 조각을…….' 그런데 그런 생각이 사라지지 않고 자꾸만 더욱 구체적으로 올라오고 무슨 작품까지 떠오르는 것이었습니다. 그때마다 '네가 무슨 조각을…….' '네가 어떻게 돌을 다 찍고 갈아…….' 갖은 센서들이 자꾸만 비웃고 조롱하고 두려움과 수치심을 불러일으키는 것이었습니다.

그런데 어느 날 한 지인이 저에게 할 수 있다는 생각을 주는 것입니다. "선생님이 갖고 계신 정신세계나 영성을, 색깔로 모양으로 그림이나 조각으로 충분히 할 수 있다."는 격려였습니다.

그래서 그때 나는 결정했습니다. '그래 그 말을 듣자. 나의 좌측 뇌에서 나오는 센서들의 말은 조금, 아주 조금만 참고하라.' 고요.

그래서 나온 것이 지금 우리 살림마을 수련원 입구에 놓은 〈깨어나기 I〉 작품입니다. 그 작품 앞에 있으면 얼마나 제가 흥분되는지 모릅니다.

창조적 지성을 만난다는 것은 바로 신을 만나는 것입니다. 나의 나 됨을 느끼는 구체적인 순간입니다. 아버지께서는 바로 이런 일을 하고 계신 것입니다.

5. 3개월 정도 모닝 페이퍼를 매일 합니다

기분에 따라 하고 싶으면 하고 하기 싫으면 안 하는 태도로는 수련이 안 되지요. 기분에 따르는 것이 아니라 기분을 조절하는 능력이 이미 그대 안에 있습니다. 활용해 보시지요. 활용하면 할수록 그 힘과 기술은 는답니다.

도저히 쓸 만한 것이 떠오르지 않으면 그냥 '쓸 만한 것이 없다.' '쓸 만한 것이 떠오르지 않는다.' 답답하면 그냥 '답답하다. 답답해서 미치겠다.' 그렇게라도 해서 3페이지를 쓰는 것입니다.

왜냐고요? 그렇게라도 써 보면 달라지는 것을 경험하실 것입니다. 3개월을 하고 나면 정말 머리가 정리되고 가슴에서 사랑의 샘이 흐르고 배에서 그 무엇을 해야겠다는 의욕이 생겨날 것입니다.

모닝 페이퍼를 3개월 넘게 한 후, 일주일에 3~4회 정도 계속해 나가면 내 안에 있는 창조자, 즉 내 안에 임재하신 신성을 느껴 갈 것입니다.

6. 모닝 페이퍼는 모닝(morning)이라고 해서 꼭 아침에만 하는 것이 아닙니다. 저녁에도 할 수 있습니다

그러나 아침기도가 좋듯이 아침에 하는 것이 좋지요. 여하튼 깨는 시간이 아침이니 시간적인 아침이 아니라 영혼이 깨어나는 시간이 모닝, 아침이니까 언제든지, 어디서든지 다 좋습니다.

대학노트에 계속 3쪽씩 해 나가는 방법이 있고, 3쪽씩 써서 봉투에 넣고 보관하는 방법도 있습니다. 아주 한참 후에 다시 볼 수도 있겠지요. 아니면 그냥 버릴 수도 있겠고요.

그럼 언제부터 하겠습니까? 지금 이 순간부터가 어떻겠습니까? "나는 지금 한다." 지금 시작해 보시지요. 다음은 없습니다.

하나님은 창조주이십니다. 하나님의 창조는 태초에 다 이루어 놓으신 것만이 아닙니다. 하나님은 창조하는 것이 자기 본성이고 일이니 지금도 창조하고 계십니다. 우리를 각자로 만드시고 그 각자 안에 독특한 하나님께서 창조하고 싶은 것들을 담아 가장 알맞은 때에 우리를 가장 알맞은 장소에 보내셨습니다.

그러니 내 안에 있는 창조성을 만나는 것은 다른 말로 하면 하나님의 신성을 만나는 것이기도 합니다. 그럼 어디서 내가 하나님을 만나겠습니까?

자기 안에 있는 소질과 재능, 하나님께서 나눠 주신 달란트가 무엇인지를 알아차리십시오. 그것이 바로 내가 하고 싶은 것입니다. 그 하고 싶은 것을 찾아 그것을 하는 것이 구원받는 삶이요 영생하는 삶입니다. 오늘 소개하는 모닝 페이퍼는 여러분을 그런 구원의 길로, 영생의 삶으로 안내할 것입니다. 일단 해 봅시다. 아멘?

다음 장에서는 어떻게 하면 창조성을 길러 낼 수 있는지 찾아보도록 합시다.

아티스트 데이트
창조성 계발 훈련

하나님은 창조주이십니다. 따라서 하나님의 본성은 창조입니다. 내가 그분을 만나고 산다는 것은 다른 말로 하며 바로 나도 창조성을 발휘하고 산다는 것입니다.

창조(creation, בָּרָא). 저는 창조라는 말만 들으면 설렙니다. 이 설렘을 느낄 수 있다는 것이 얼마나 신비하고 큰 축복인지 모르겠습니다.

사람이 하나님의 형상대로 지음받았다는 것은 하나님의 창조성이 바로 사람 안에 있다는 말이기도 합니다. 내가 이 지구에 온 목적은 바로 이 창조성을 발견하고 계발하여 그 창조를 공간화하고 실현하는 데 있다는 것이 제 믿음이고 사명입니다.

어떻게 하면 그 사람 안에 감추어져 있는 창조성과 예술성을 찾아낼 수 있을까 하는 것이 바로 교육의 목적이요 영성 안내의 결론이 아니고 또 무엇이겠습니까?

얼마 전 대덕연구단지에 근무하는 한 도반 님이 이런 말을 했습니다. 사람이 반복적인 일만 하면 나태해지고 게을러져 삶이 지루해지는 반면에 매일 창조적인 새로운 기획을 하고 물품을 만드는 일은 너무 긴장되고 스트레스를 받아 삶이 고달프게 되니, 반복 가운데 새로운 창조를 해내는 일을 갖는 것이 인생을 행복하게 사는 좋은 비결인 것 같다는 것이었습니다.

정말 공감도 되고, 동감하는 마음입니다. 반복 속에서 창조. 이완과 긴장. 도전과 응전. 그 함수를 어떻게 갖느냐는 사람마다 처지마다 나이마다 다르겠지만 그것이 도가 아닌가 합니다. 일음일양위지도(一陰一陽謂之道)이지요.

이 장에서는 내 안에 있는 창조성, 예술성을 어떻게 만나고 또 그것을 어떻게 키울 수 있는지를 수련해 보고자 합니다.

모닝 페이퍼를 안내하고서 전화도 많이 받고, 편지도 많이 받았습니다.

당장 시작했다는 내용, 몇 번 해 보니 정말 좋다는 분, 이제 무엇을 쓰는 것이 두렵지 않고 자신이 그렇게 글을 잘 쓰는 사람인가 의심이 갈 정도라는 소식, 자신 안에 그렇게 많은 생각들이 있고 또 그것을 쓰니 정리 되는 듯한 평화스러움을 맛보고 있다는 편지, 상상으로 성경을 읽고 매일 모닝 페이퍼를 하다 보니 이제 설교 준비 걱정에서 놓였다는 목사님의 간증까지, 많은 소식들을 들어 저는 참 기뻤더랬습니다.

모닝 페이퍼와 오늘 하는 아티스트 데이트는 한 쌍입니다. 모닝 페이퍼가 안에 있는 창조성을 깨우는 수련이라면, 아티스트 데이트는 바깥에 있는 영감과 통찰력, 감각 등을 안내받는 것입니다.

그럼 아티스트 데이트는 무엇입니까? 그것은 일주일에 2~3시간 정도를 계획해서 정해 놓고, 이 시간에 내 안에 있는 창조성 계발과 예술성 성장을 위해 내면에 영양을 공급하는 것을 말합니다.

사도 바울은 그의 서신서에서 "우리는 하나님의 작품"(에베소서 2:10)이라고 했습니다. 하나님의 창조물이요 그분의 예술품이라는 것이지요.

그러니 일주일에 2~3시간 정도를 만들어서 순전히 내 안에 있는 예술성과 창조성을 만나고 느끼고 키우는 작업을 한다는 것은 인생을 슬기롭게 살고 하나님께서 원하는 삶을 사는 것이 아니겠습니까?

아티스트 데이트는 말 그대로 데이트입니다. 데이트는 보통 연인이나 친구 등과 하지요. 그렇듯이 내 안에 있는 아티스트, 즉 창조성과 데이트를 하는 것입니다.

그러니 이 데이트에는 그 누구도 끼지 않는 것이 좋습니다.

아주 느슨한 차림으로, 아니면 별난 차림으로, 평소에 입지 않던 옷도 입어 보고, 모자도 써 보고, 신지 않던 신발도 신어 보고……. 그런 차림으로 데이트에 나가는 것입니다.

평소에 가 보지 않던 곳도 가 보고, 시간에 쫓겨 그냥 스치던 백화점 코너 코너, 또 가게나 골목, 공원, 거리를 아주 천천히 노닐면서 느껴 보는 것입니다. 창조는 긴장이 아닌 이완의 상태에서, 심각함이 아닌 느슨함에서 일어납니다. 릴랙스(relax)입니다.

창조성은 또 다른 말로 하면 어린이의 천진성이기도 합니다. 창조는 '제로 베이스'(zero base), 즉 부활점에 있을 때 솟아나는 샘물입니다. 일어나는 은총입니다. 그런 은총을 받을 분위기를 만드는 것이 바로 영성수련입니다.

소리를 내서 그대 안에 있는 아티스트에게 말을 걸어 보세요. 우리 오늘 데이트하자고. 그렇게 소리 내면 쑥스러움이 올라오기도 하고 핀잔도 들릴 것입니다. '이 나이에 무슨 아티스트 데이트. 돈도 없고 시간도 없는데 무슨 창조니 예술이니…….'

이럴 때 과감히 외쳐야 합니다. "내 안에는 창조성이 있다. 나는 그 창조성을 일깨우고 그 창조성을 실현하러 이 땅에 왔다. 아니 그 창조성이 바로 나의 나 됨을 맛보는 길 중의 길이니 내 길을 막지 말라. 나는 내 길을 간다."

생각만 하면 아무리 생각을 많이 해도 그것은 생각에 머무르는 것입니다. 생각을 넘어서는 길은 오직 하나, 깨어나기 때 경험하셨지요? 일단 해 보는 것입니다.

약이라는 글자를 아무리 쓰고 읽어도 그것은 글씨요 소리입니다. 진짜 약은 그것을 내가 직접 먹어 보는 것입니다. 그때 비로소 약이 되듯이 예수를 믿는 신앙도 마찬가지입니다.

내가 그분의 살을 먹고 피를 마셔야 상관이 있지, 그분에 대해 다른 사람들이 쓴 글이나 말은 참고사항일 뿐이지요. 신앙은 주입이 아니라 알아차림이요, 세뇌가 아니라 깨어나는 것입니다.

- 백화점 장난감 가게 돌아보고 만져 보기
- 헌책 서점 돌아보기
- 구두 수선하는 아저씨와 말 걸기
- 뻥튀기하는 아저씨를 1시간 정도 바라보기
- 공원에서 지나가는 사람 얼굴 보기
- 재래시장 돌아다니기

.
.
.

이런 아티스트 데이트를 하다 보면 내 안에 있는 창조성이라는 어린아이가 말을 하기 시작하고, 걸음을 떼고, 소리를 지르며 달음질하는 것을 느낄 수 있을 것입니다. 그때 사는 맛이 뭔지 느껴지지요. 드디어 삶의 비본질이 아닌 본질을 느끼게 될 것입니다.

저는 요즘 조각에 취해 있으니 자꾸만 돌이 눈에 띄고, 조각 작품만 눈에 들어옵니다. 고물상을 할 때는 길거리에 있는 폐지만 보이고, 시골에 교회 세우는 게 꿈일 때는 산속에 있는 예쁜 집들만 보이더니, 요즘은 돌입니다.

그래서 저는 종종 황등에 갑니다. 그곳에 가면 많은 돌을 볼 수가 있고 또 어디 관광지에 가면 조각공원이 있나 유심히 찾아봅니다.

내 안에 있는 창조성 아티스트를 어떻게 해서든지 일깨우려고 하는 것입니다. 또 어떤 날엔 불을 끄고 혹은 2층 예배방에서 온전히 그 생각으로 여행을 하지요. 그러면 그동안 보고 들었던 것들이 정리되면서 구체적인 상(象)으로 떠오릅니다. 이렇게 해서 내 안에 있는 조각품이 수십 가지는 된답니다. 이제 1년에 1~2개씩 꺼내면 되는 것이지요.

설교 준비도 마찬가지입니다. 아침에 깨면 이불 속에서 가만히 생각에 잠깁니다. 한 주간 그렇게 본문을 묵상하다 보면 그동안 책에서 읽었던 영양가 있는 얘기나 생각들이 자꾸 떠오릅니다. 그 떠오르는 것을 그때 그때 메모해 두었다가 토요일에 정리를 합니다. 이렇게 아티스트 데이트를 하다 보면 설교할 내용이 없어 고민스러운 것이 아니라 할 말이 너무 많아 줄이는 것이 고민스러울 때가 많지요. 그 가운데 내가 은혜받은 말씀을 골라 뽑아서 하는 것이 설교가 되는 것입니다.

우리는 또한 어떤 사람을 만남으로 내 안에 있는 창조성을 일깨우는 경험을 할 수 있습니다. 그래서 저는 소위 세상에서 말하는 위험한 사람과 차도 마셔 보고 데이트도 해 보라고 말합니다. 그때 얻는 수확은 경험해 본 사람이라면 제가 무슨 말을 하는지 알 것입니다.

그런데 이런 아티스트 데이트를 피하고 두려워하는 사람들을 자주 봅니다. 상처를 받을까 봐, 비판을 받고 약점이 드러날까 봐 지레 겁을 먹고 피하거나 핑계를 댑니다.

거울 앞에 서야 나를 볼 수 있듯이 우리는 적 앞에 서 보아야 합니다. 적 앞에 설 때 나의 흠도 보게 되고 나의 장점도 보게 됩니다. 그러니 나를 반대하고 비난하는 사람들의 말에 귀를 기울이고 잘 들어 보면 그 속에 하나님께서 보내시는 빛이 있음을 보게 될 것입니다.

또 아티스트 데이트는 나의 일상과 전혀 다른 세계를 보고 들음으로 해서 얻는 것이 너무 많고 크다는 것입니다. 그런 우연 속에서 창조적인 아이디어가 번뜩이는 경우가 아주 많음을 볼 수 있습니다.

아인슈타인은 샤워 도중에 최고의 아이디어가 떠올랐다고 합니다. 영화감독 스필버그는 고속도로를 운전할 때 최고의 창조적인 아이디어가 나온다고 합니다. 저는 누워 잠자기 전에 많은 창조적인 생각들이 일어납니다. 그래서 저는 생각이 떠오르지 않으면 일단 가만히 눕습니다. 누워서 들숨과 날숨을 알아차립니다. 들리는 소리 다 듣습니다. 무게감을 느낍니다. 그때 찾아오는 고요 속에 숨어 계신 하나님을 만나는 것입니다.

수련회에서 만나는 벗 중에는 설교 준비가 안 돼서 화가 난다는 사람, 새로운 기획을 해서 내야 하는데 그것이 안 되어 스트레스를 받는 사람, 가정살림이 지루해져 지쳐 버린 사람 등, 창조성을 만나고 예술성을 느끼지 못해 삶이 건조해진 사람들이 참 많습니다. 즉 창조의 샘이 말라버린 것입니다. 예술의 샘물이 다 바닥이 난 것입니다. 이때의 당혹스러움, 황당함이야말로 이루 다 말할 수 없겠지요.

새로운 작품 전시회를 잡아 놓고 새로운 아이디어가 나오지 않아 고민하는 작가들의 모습이 눈에 선하지 않습니까? 내일 설교인데 설교할 주제와 소재가 잡히지 않아 '주여, 주여' 하고 부

저는 생각이 떠오르지 않으면
일단 가만히 눕습니다.
누워 들숨과 날숨을 알아차립니다.
들리는 소리 다 듣습니다.
무게감을 느낍니다.
그때 찾아오는 고요 속에
숨어 계신 하나님을 만나는 것입니다.

르짖는 목사님의 기도가 귀에 생생하지 않습니까?

창조성은 뇌의 선물입니다. 뇌에 산소를 공급하고 쉬도록 뇌 운동을 해야 합니다. 창조적인 뇌는 말만으로는 자극할 수 없습니다. 창조와 감성적인 것은 우뇌의 계발에서 옵니다. 그러니 보고, 듣고, 냄새 맡고, 맛보고, 만져 보는 감각이 깨어나야 합니다. 감수성이 깨어나면 자연히 새로운 창조성이 일어나는 것입니다.

재미가 있어야 창조성이 일어납니다. 그 재미를 맛볼 수 있는 기회를 마련하는 것이 바로 창조의 강에 다시 물을 흐르게 하고 예술의 샘에 물길을 여는 것입니다.

긴장과 이완, 집착과 일탈의 곡선을 타면서 반복 속에서 창조를 해 나가는 자세야말로 가장 현명한 삶의 자세가 아닐까 합니다.

우리 하나님은 그런 반복 속에서 창조를 해 나가십니다. 매일 아침 반복해서 해가 떠올라 그것이 매일 같은 것 같지만 그렇지 않습니다. 어느 날은 봄이고, 어느 날은 여름이고 또 어느 날은 가을을 만들고 있습니다.

자기가 하는 일을 더욱 창조적으로 해 나가고 싶습니까? 그러면 하루에 1시간 정도 그 일을 놓고 가만히 궁리해 보십시오. 생각을 깊게 해 보고 또 해 보는 것입니다.

주부면 주방에 앉아서 그냥 아무것도 안 하고 앉아 있는 것입니다.

목사면 교회당에 앉아서 그냥 아무것도 안 하고 앉아 있는 것입니다.

회사원이라면 빈 사무실에서 그냥 아무것도 안 하고 앉아 있는 것입니다.

그때 들려오는 영의 소리를, 하나님의 세미한 음성을 들어 보고 또 들어 봅니다. 항상 기도하라는 말은 하는 일, 자기 전공을 더욱 창조적으로 할 수 있도록 생각하고, 생각하고 또 해보라는 말입니다.

더 나은 생각은 없을까, 더 좋은 방법은 없을까, 더 새로운 길은 없을까 하고 찾아보고 구해 보고 두드려 보는 것이 기도의 삶인 것인지요. '주여, 주여' 하고 말만 하는 것이 기도가 아니란 말입니다. 하나님의 뜻대로 사는 것이 기도가 아니겠습니까?

자, 그러면 아티스트 데이트 목록을 나열해 보겠습니다. 물론 이외에도 얼마든지 있겠지요. 자기 안에 있는 아티스트와 대화해 가면서 더 좋은 데이트가 되도록 꾸준히 해 나가면 어떨까 합니다. 그래서 내 안에 있는 창조성이 어린아이에서 어른으로, 미숙에서 성숙으로 나아갈 때 나의 나 됨이 얼마나 신비하고 놀라운지 알아차려 가면서 산다는 것은 은총입니다. 고마울 뿐입니다. 고마울 뿐.

모닝 페이퍼와 아티스트 데이트는 함께할 때 더 효과적입니다.
인생을 기쁘고 즐겁고 신나게 산다는 것.

- 아침에 일어나 소리 지르기
- 맨발로 모래밭 걷기
- 숨이 탁 막히는 지점(시점)까지 달려 보기
- 똥을 누면서 다 느껴 보기
- 온몸을 땀으로 목욕하고 머리가 없어질 만큼 미친 듯이 춤춰 보기
- 전화코드 뽑고 옷 하나 걸치지 않고 온종일 낮잠 자기
- 어느 날 밤 전깃불 끄고 촛불 켜고 생활하기
- 꽃향기 들이마시기
- 강아지하고 놀아 보기
- 상상해 보기

·

·

·

지금 살아 있다는 것을 잊은 채 살고 있지는 않는지요? 생활

에 지쳐 삶을 놓치고 있지 않느냐는 말입니다. 생활에 지친, 아니 생존경쟁에 시달리고 지친 내 마음과 몸과 생각, 느낌들을 알아차려 보는 것이야말로 멋진 수련이 아닐까 합니다.

오늘은 그런 것들을 모아 그냥 열거해 보겠습니다. 언제 기회가 되시면 실제로 해 보고 아니면 기회를 만들어 한 번 느껴 보는 은총을 누려 보시지요.

- 아침에 일어나면 먼저 집안이나 산책길에서 만나는 꽃이나 나무들과 소리 내어 인사해 보기
- 반나절 정도 꽃 앞에 서서 꽃 바라보기
- 한 아름 되는 나무를 찾아 꼭 안아 보고 뽀뽀하기
- 자동차를 쓸어 주고 닦아 주고 대화하며 사랑하기
- 혼자서 온종일 산행하기
- 새벽에 교회당 가기
- 가끔 철야기도회에 가서 목청껏 주님 불러 보기
- 거울 앞에 서서 자기 바라보기
- 거울 속에 있는 자기를 '너'로 부르며 얘기하고, 따져 보고, 싸워 보기
- 깊은 산속에 가서 마음껏 욕해 보고 고함지르며 화내 보기
- 노래방에 가서 목이 쉬도록 노래 부르고 춤추기 - 혼자서 혹

은 마음 맞는 친구와 함께

- 눈, 비오는 날 그냥, 마냥 걸어 보기 – 비가 얼굴을 때리도록 얼굴을 들어 주고 빗물에 속옷까지 젖어 오는 것 느껴 보기
- 아이들과 함께 모래장난, 소꿉장난해 보기
- 아이들 등에 태워 기어 보기
- 고아원이나 양로원 방문해 보기
- 크레파스로 그림 그려 보기
- 사랑을 고백하지 못한 사람에게 고백의 편지 써 보기
- 고마움을 전하지 못했던 사람에게 고마움의 편지 써 보기
- 달빛 타기 – 달빛이 있는 날을 골라 해안가나 벌판 걸어 보기
- 달빛 속에 놀이터에 나가 그네 타 보기
- 공동묘지 방문해 보기 – 공동묘지 앞에서 그 사람 이름 부르며 "어떻게 살았느냐? 어떤 고민을 갖고 살았느냐?" 묻고 어떤 절망, 꿈을 잃고 산 얘기를 묘지를 지나면서 나눠 보기
- 목욕탕 욕조에 아내와 함께 벌거벗고 들어가기
- 목욕탕 욕조에 들어가 아이들과 함께 장난해 보기
- 운동화 빨아 보기
- 지난 편지 꺼내 읽어 보기
- 앨범 꺼내 가장 어릴 적부터 시작해서 차례대로 감상해보기
- 혼자 여행해 보기 – 3일(72시간) 이상

- 홀로 기도원 가 보기
- 스승의 날에 학교 선생님이나 교회 목사님, 주일학교 선생님 찾아보기
- 1년에 한차례씩 일주일 정도 자기 영적 성장에 몰두하기
- 저녁 예배 마친 후 교회당 불이 다 꺼지고 홀로 있어 보기
- 식탁에 첫 불 밝히고 밥 먹기
- 사무실 제일 먼저 출근해 보기
- 날이 밝아 올 때까지 밤새도록 커피 마시며 책 보고, 글 쓰고, 편지 쓰고, 노래 들어 보기
- 동화책 보기
- 동요 불러 보기 - 메들리로 20곡 이상
- 박물관 찾기
- 고도시 돌아보기 - 계백이, 이순신이 어떻게 걸었을까 상상해 보기. 이름은 남지 않았지만 그때 그곳을 걸었던 사람들 상상해 보기
- 고향 찾아보기 - 어릴 때 놀았던 집, 골목, 동산 걸어 보기
- 가장 싫어하고 미워하는 사람 상상으로 초대해서 100번 절해 보기
- 야간 완향 열차 타고 종점까지 가 보기
- 심야극장 가 보기

- 젊은이들이 가는 카페나 커피숍 내지는 음식점 가 보기
- 새벽 농수산시장 가 보기
- 여름날 새벽 1시에 역 앞에 신문지 깔고서 앉아 있어 보기
- 시골 장터 가 보기
- 장터에 서서 국수 먹어 보기
- 탄광촌 막장 들어가 보기

-
-
-

성과 영성 (I)
성 에너지를 사랑 에너지로

"남편(아내)의 외도가 화가 날 일입니까?"

"화가 날 일은 아닙니다."

"그럼 왜 화를 내셨습니까?"

"그런 일은 화를 내야 된다는 생각을, 규정을, 틀을 갖고 있었기 때문입니다."

"그럼 무슨 일입니까?"

.

.

.

사실은 사실 그대로, 실제, 리얼리티(reality)로 보았을 때의 자유함, 해방감, 전율, 붕 뜨는 기분, 시원함, 짜릿함…….

생각과 사실의 분리, 느낌과 사실의 분리, 있음 자체를 있음 그대로 볼 때 내리던 그 은총의 빛과 힘을 지금도 기억하고 있으신지요. 그래요. 고통은 생각에서 오는 것입니다. 그런 생각을 하고 있기 때문에 그렇게 보고 듣게 되고, 그래서 그런 느낌을 갖게 되고, 결국 그렇게 행동을 하고 마는 것입니다.

그러니 내 마음대로 생각을 선택할 수 있는 기술을 익힌다는 것은 상당한 삶의 기술이 아니겠습니까? 우리는 신학을 다루거나 교리를 다루는 것이 아닙니다. 바로 삶을, 우리 주님께서 십자가와 부활을 통해 주신 영원한 생명을 보고 듣고 느끼자는 것입니다.

교리가 우리를 구원하는 것이 아닙니다. 교리를 수호하라고 하나님께서 이 지구별에 나를 보낸 것은 더욱 아닙니다. 지구에 나를 보내신 것은 나 되라고 보낸 것입니다.

사랑과 믿음은 바로 내가 나 되는 길입니다. 믿음은 마음세계를 넘는 길입니다. 생각과 느낌이 아니고 원래 있음의 나를 보게 하는 길이 믿음입니다.

아버지 하나님의 뜻은 간단하고 쉽습니다. 기쁘게 살라는 것입니다.

간단하게 살라는 것입니다. 간이(簡易)입니다. 아는 것을 안다고 하고, 모르는 것은 모른다고 하면 그만입니다. 변명도 설득도 필요 없습니다. 나 있음 선언이 바로 삶의 출발점입니다.

출발점에 매일 서십시오. 그 제로 베이스(zero base)에 주님이 함께하고 계십니다. 여러분은 교리보다 더 큰 자요, 어떤 율법 조항보다 더 큰 자입니다. 그것을 아는 것이 구원입니다. 나는 삼위일체보다 더 크고, 기독교보다 더 크고, 불교보다 더 크고, 대한민국, 지구보다도 아니 우주보다도 더 큰 자라는 것을 아는 것이 바로 참다운 앎입니다. 이 참다운 앎이 바로 영원한 생명인 것입니다.

생각이 나를 끌고 다니던 생활에서 이제 내가 생각을 선택할 수 있는 여유, 틈새를 발견하고 기뻐할 수밖에 없는 삶을 누리자는 겁니다.

그래요. 느낌을 선택하기는 참 어려워요. 그러니 생각 다음에 느낌이 온다(실제로는 느낌이 생각보다 앞서 있지요.)는 명제를 따라 보면 생각을 선택할 수 있으니, 결국은 느낌도 다스릴 수 있는 것이 아니겠습니까?

그러니 좋은 생각을 선택해서 해 보는 연습이 필요하겠지요. 그 좋음의 본체가 하나님이시니, 그분을 생각하는 것은 바로 삶을 좋게 산다는 말이 되는 것입니다.

지금 여러분의 마음이 불편하다면 아마도 그 어떤 불편한 생각을 그대가 선택한 까닭일 것입니다. 그대의 기분을 결정하는 것은 그 누구도 아닌 바로 그대니까요. 바로 이것이 책임진다는 말입니다. 이 책임을 지는 것에서 성숙이 시작되는 것입니다. 철이 들고 어른이 된다는 말입니다.

아직도 그 누구 때문에, 날씨 때문에, 그 무슨 일 때문에 내 기분이 엉망이 되었다고 한다면 철부지고 미성숙한 어린아이지요.

자, 오늘은 영성 있는 성생활(性生活)에 관해 얘기해 볼까 합니다. 벌써 기대감이 올라오지요. 여러분들의 초롱초롱한 눈망울이 그려집니다. 어쩌면 이 부분에 대해서는 여러분이 더 잘 알고 계실지도 모르겠습니다. 또 워낙 신비한 세계라서 말로 어떻게 더 전해지겠는가 하는 염려스러운 마음도 있답니다.

여하튼, 우리 함께 행복한 삶을 추구하는 데 어쩌면 가장 큰 영역을 차지하고 있는 성 테마를 지나친다는 것은 정직한 영적 안내가 아니라는 생각이 들어서, 오늘 이렇게 나눠 볼까 합니다.

제가 유성 변두리에서 목회할 때입니다. 32살쯤 되었을 때, 우리 교회가 있는 들말 위에 화산이라는 동네가 있었는데, 친구가 선생님 한 분을 소개시켜 주었습니다. 그 어른은 82세쯤 되는 노인이었는데, 그 선생님과 친해진 어느 초여름에 배나무 밑에서 차를 마시고 있었습니다.

그때 무슨 얘기 끝에 선생님이 물으시는 것입니다. "장 목사님은 한 주에 몇 번을 하십니까요?" 아마도 성교 횟수를 물으시는 것 같은데 시치미를 뚝 떼고서는 "뭘요?" 하고 물었습니다. 그랬더니 그 선생님께서 "척하면 입맛이지요. 사모님과 관계를 몇 번 하시냐는 말입니다." "뭐 그냥, 정확한 횟수 없이 그냥 합니다." "목사님이 그렇게 무식하시면 교인들은 어떻게 합니까?"

이런 것을 모르면 무식한 목사라는 얘기는 그때 처음 들었습니다. 조금 당황해하는 저에게 또 물으셨습니다. "그럼 며칠 전부터 준비하셔서 하십니까?" "뭐 준비가 필요합니까? 그냥 저녁 먹고 잠자다가 올라오면 하지요. 그리고 선생님, 며칠 전부터라고 하셨습니까?" "예, 며칠이라고 했습니다. 그런데 개도 그렇게는 안 합니다."

정말 나중에 안 것이지만 개도 그렇게는 안 하더라고요.

그날 배나무 밑에서의 나눔은 목회 초년생인 저에게 커다란 충격이었습니다. 목사가 그런 것을 모르면 무식하다는 말, 또 목사가 성을 가르치지 않으면 무엇을 가르치고, 또 누가 가르치겠느냐며 추궁하는 듯한 한 노인의 말이 제 가슴에는 오래 남았습니다.

"송구스런 질문이지만 그럼 선생님은 일주일에 몇 번 하십니까?" "나는 2번 정도 합니다." "그럼 며칠 전부터 준비하시고요?" "3일 전부터 하지요." "그렇다면 준비해서 하시고, 또 하고 나서는 준비하고, 그럼 그것만 하시다가 일주일이 가겠네요?"
"그럼 부부가 사랑하라고 만난 것이지 뭐 하라고 만난 것이겠습니까? 또 그것보다 더 큰일이 있겠습니까?"

그날 배나무 밑에는 사모님도 계셨고, 지금도 엷은 미소를 머금고 고개를 살포시 숙인 채 대화를 들으시던 할머님의 모습이 눈에 선합니다.

그렇습니다. 모든 동물들은 발정 주기 외에는 교미가 되지를 않습니다. 일단 교미가 되어 새끼를 갖게 되면 개나 돼지나 소 등을 보니까 암컷이 절대 교미하려 하지 않고, 언제 그랬느냐는 듯 정말 모르는 척하더라고요. 그러나 사람은 임신 외에도 서로 사랑하는 관계로 살도록 하나님께서 우리에게 성을 주신 것이 아닌가 하는 것이 제 생각입니다.

또 동물들은 성 중추신경이 성기에 있다고 합니다. 그래서 거세를 해 버리면 더 이상 성 에너지를 느끼지 못하게 되어 있습니다. 그러나 사람은 성 중추신경이 머리에 있고, 또 발정 주기가 따로 없다는 것입니다. 그래서 일평생 성 에너지 속에서 살고, 그 에너지를 어떻게 관리하느냐에 따라 행복한 삶을 누리느냐 불행한 삶으로 전락하느냐 결정이 된다 하겠습니다.

우리 수련의 기초 단계에서 가장 크게 다루는 것은, 화 에너지를 파괴 에너지가 아닌 창조 에너지로 바꾸고, 성 에너지를 타락 에너지가 아닌 사랑 에너지로 바꾸는 힘과 기술을 익히는 것입니다. 하나님의 창조법칙과 영성의 원리에 따라 사는 법만 익힌다면 이 두 에너지가 그리스도의 장성한 분량에까지 이르게 되는 것이겠지요.

대개 이 두 에너지를 결정적인 찬스에 잘못 사용하여 개인적으로나 사회적으로 망해 버리는 사람을 역사에서 우리는 수두룩하게 보고 있지 않습니까?

우리는 모두 성(性)을 갖고 있습니다. 또 남성과 여성의 만남을 통해 이 땅에 왔기 때문에, 내가 외적 모습으로는 남성일지 몰라도 내 안에는 여성성이 있는 것입니다. 또 외적으로는 여성일지 몰라도 그 안에는 남성성이 있습니다.

이것은 염색체 수로도 나타나고 있습니다. 남자 옷을 입게 된 것은 남성염색체인 Y염색체가 여성염색체인 X염색체보다 하나 더 많아서이고, 여자 옷을 입은 것은 남성염색체인 Y염색체보다 여성염색체인 X염색체 수가 하나 더 많아서 그런 것입니다.

어렸을 때는 남성성과 여성성이 균형 있게 조화를 이루어 갈등이 없지만, 14세를 넘어 사춘기가 되면 남성에겐 남성의 기운이 나타나고 여성에겐 여성의 기운이 나타나게 됩니다. 그러면서 자연히 남성에게는 여성성이 부족하게 되고, 여성에게는 남성성이 부족하게 됩니다.

넘치고 남는 것은 주게 되어 있고, 없고 모자라는 것은 채우려는 것이 하나님의 창조법칙이요 자연의 순리입니다.

그래서 남자아이들은 여자아이들을 보고 싶어 하고 또 그리워하며 목소리도 듣고 싶어 합니다. 그러다가 보고 목소리 듣는 것만으로 채워지지 않으니까 손을 만지고, 키스하게 되고, 결국 성적 관계를 가짐으로 남는 에너지를 주고 부족한 에너지를 채우게 되는 것입니다.

이는 도덕도 아니고 윤리도 철학도 아닌 자연입니다. 순리인 것입니다. 이것은 억지로 막을 수도 없고 또 막아서도 안 되는 것입니다. 저는 하나님의 창조의 순리에 따라 성 에너지를 어떻게 아름다운 사랑 에너지로 바꾸느냐를 가르치고 배우는 것이 바람직한 성교육이라고 생각합니다.

그런데 재미있는 것은 남자의 성기를 한문으로 부르는 이름에 참 신비가 있습니다. 여자의 성기는 한문으로 음부(陰部)라고 합니다. 그렇다면 남자는 양이온을 갖고 있으니까 양경(陽莖)이라고 해야 맞지 않겠습니까? 그런데 신기하게도 음경(陰莖)이라고 합니다.

남자의 몸이 다 양성의 기운을 갖고 있는데 남자의 성기는 음성의 기운을 갖고 있다고 합니다. 그런데 발기가 되면 오히려 남자의 몸에서 가장 강력한 양성의 기운으로 바뀐다는 것입니다. 그래서 가장 강력한 양이온인 남성의 기운이 남자의 성기인 귀두 부분에 모여서, 가장 강력한 음성의 기운을 가진 음부와 만나게 되는 것입니다.

이렇게 만남으로 남자 안에 부족한 여성성이 귀두를 통해 들어와 남자의 온몸에 퍼지게 되고, 여자 안에 부족한 남성성의 기운이 질 안으로 들어가 여자의 온몸에 퍼지게 되는 것입니다.
남자의 상체는 음성이요, 하체는 양성입니다. 여성의 상체는 양성, 하체는 음성입니다. 그래서 아래와 같은 그림이 됩니다.

결국 원이 되는 것입니다. 머리 쪽에서는 입술이 만나고 아래쪽에서는 성기가 만나 결국 원을 이루게 되고 엄청난 에너지의 교환이 이루어지는 것입니다.
부족한 남성성을 채워 줄 유일한 남자는 자기 남편뿐입니다.

또 자기의 부족한 여성성을 채워 줄 상대는 자기 아내뿐입니다. 만약 외도를 하게 되면, 다른 여성의 기운이 들어와 그동안 조율된 사랑의 기운이 깨지고, 그 깨진 기운으로 다시 자기 아내를 만나고, 그 깨지고 흩어진 기운이 가족으로 사회로 나아가는 것입니다.

그러니 일부일처(一夫一妻)는 도덕이 아니라 하나님의 창조법칙입니다.

또 그런 성비(性比)로 태어나게 만들었습니다. 남녀 성비가 태어날 때 여 100에 남 106 정도라고 합니다. 그런데 남자아기가 죽는 확률이 높다고 합니다. 이질(異質) 염색체, 즉 Y염색체를 갖고 있기 때문에 그만큼 동질 염색체를 가진 여성에 비해 약하기 때문입니다. 그래서 14세 정도가 되면 100대 100으로 맞추어 가는 것입니다.

돈 주고 살 수도 없고, 누구를 고용해서 시킬 수도 없는 일이 바로 이 일이 아니겠습니까? 그러니 결코 소홀히 다루고 미룰 영역이 아니라는 것입니다.

우리 수련에 참석한 분들을 보면, 매 기수마다 제일 고통스럽고 또 많은 문제가 바로 성 문제, 부부 문제입니다. 여기서 제가 알아차린 것 하나는 그래도 성관계가 원만하면 웬만한 문제와 위기는 이겨 나간다는 것입니다. 그러나 성관계에서 불만족스럽거나 문제가 생기면 결혼생활이 참 어렵다는 것입니다.

하기야 결혼이 무엇이겠습니까? 사회적으로 '너희 둘은 섹스를 해도 괜찮다.'는 사회적인 공인이 아니겠습니까?

그런데 부부가 결혼해서 아이 낳고, 사업에 쫓기고, 바깥일에 몰두하다 보니까 또 준비 없이 하다 보니까 싫어지고, 바깥일에 스트레스 받다 보니 남자들이 조루다, 발기부전이다 하는 것에 눌려 많은 고민을 하고 있는 것이 사실입니다.

그런데 부부간의 섹스는 힘으로 하는 것이 아닙니다. 사랑으로 하는 것입니다. 부부간의 성관계는 내가 남자인 것이 좋고, 내가 여자인 것이 행복한 것을 느끼는 경험의 유일한 통로입니다.

여행 중에 들은 얘기인데 남자들이 술 마시고, 또 이도 닦지 않고 요구를 한다는 것입니다. 또 그렇게 막 서둘러 자기만 사정하고 그냥 옆에 떨어져 쿨쿨 잠을 잔다는 것입니다. 그럴 때 여자들이 갖는 서글픔은 이루 다 말할 수 없다고 합니다.

여자들이 여자로서 가장 소중히 여김을 받고 싶은 공간이 바로 침실입니다. 침실에서 자신이 남편에게 정말 소중하다는 것을 생각이 아닌 몸으로 느끼고 싶은 것입니다. 그런데 그렇게 관계해 주지 않을 때, 어떤 여자들은 그 냄새가 싫어서 담배를 피운다고 하고 또 어떤 분은 껌도 씹는다고 하더군요.

영화나 TV, 소설을 통해서 보고 들은 것은 그게 아닌데, 그래서 상상으로 섹스를 하는 분들의 얘기를 많이 들었고, 또 그것으로 채워지지 않아 서글퍼하는 모습을 보았습니다. 이 부분에서는 남자들이 조급하게 마구 서두르지 말고, 정말 소중하게 정성으로 따뜻하게 대해야겠습니다.

반면에 남자들의 불평도 있습니다. 아내가 막대기처럼 늘 수동적이어서 재미가 없다는 것입니다. 하기야 옛날에는 여자들이 소리를 지른다거나 엉덩이를 흔드는 일, 더구나 여성 상위는 금기사항이었지요. 소박맞을 조항 중에 하나였습니다.

그런데 지금이 어느 때입니까? 여자들도 적극적으로 능동적으로 부부관계에 임했으면 합니다. 이 부분에 유일한 파트너가 자기뿐이라는 사실을 다시금 알아차리고 말입니다. 하도 우리 여성들이 수동적으로 성관계에 임하니까, 의식까지도 눌려 있음을 알아차리고 여성 상위를 권장하고 있는데, 참 바람직한 태도라고 생각합니다.

벗었으나 부끄럽지 않은 세계를 성경은 에덴이라고 합니다. 그런데 그 에덴을 회복하는 길이 바로 부부침실이 아니겠습니까? 벗었으나 부끄럽지 않고, 오히려 벗을수록 사랑스럽고 아름다움을 느끼는, 내가 너 되고 네가 나 되는 곳이 바로 부부의 성이라는 말입니다. 그래서 남성과 여성이 사라진 자리, 온전성(wholeness)

이 회복된 자리가 거룩한(holy) 자리가 아닐까 합니다.

그래서 오르가슴을 프랑스 사람들은 '라프티트 모르트(la petite mort)' 즉 작은 죽음이라고 했습니다. 남자도 죽고 여자도 죽고 오직 사람, 바로 아담이 되는 순간인 것입니다. 그런 온전성(wholeness)의 회복이 바로 거룩(holy)인 것입니다.

그래서 이 땅에 지성소가 있다면 바로 부부침실이 아니겠습니까? 다 벗을 수 있는 곳, 그래도 부끄럽거나 두렵지 않은 세계. 부부침실을 여기까지 이끌어야 하지 않을까 생각합니다. 하우스(house)에서 홈(home)으로, 홈(home)에서 홀리(holy)로 말입니다.

이 세상에서 최고의 치유자는 뭐니 뭐니 해도 남편에게는 아내이고 아내에게는 남편입니다. 서로의 수치와 두려움, 죄스러움을 벗도록 정죄 없이 그냥 안아 주고 덮어 주는 일이 바로 사랑 중의 사랑이 아니겠습니까? 여기서 사랑은 느낌(feeling)이 아닙니다. 일(work)입니다. 일이지요.

아버지 하나님께서는 바로 지금도 이 일을 하고 계신 것입니다. 우리도 이 일을 하러 온 것이 아니겠습니까? 이 일을 통해, 사랑을 통해 내가 나 되어 가고, 그 나 됨이 정말 좋다는 세계를 느끼는 것입니다.

그러니 사랑합시다. 고발과 정죄는 종교세계가 아닙니다. 도덕이요 율법입니다. 정치요 운동입니다. 이 율법을 넘어 사랑의 법이 우리 가정과 부부 사이에 늘 흐르도록 해서 에덴을 회복해 나갑시다. 이것이 진정한 혁명 중의 혁명이 아닐까요? 혁명, 마지막 혁명 말입니다.

유대인들은 태어난 지 8일 만에 꼭 할례의식을 치릅니다. 그들은 이 할례의식을 하나님과의 깨트릴 수 없는 언약으로 여기고 반드시 실시했습니다.

남자 성기 끝, 귀두를 싸고 있는 표피를 자르는 할례의식은 신앙적 의미를 넘어서 성적으로 한 걸음 앞선 문화임이 분명합니다. 인류학자들은 할례가 성적 풍토병을 예방하기 위한 목적도 있었다고 설명하고 있습니다. 남자들이 오줌을 누면 귀두 부분에 찌꺼기가 끼게 됩니다.

중동 지방에는 목욕시설도 잘 되어 있지 않은데, 찌꺼기 낀 채 성교를 하면 그 이물질들이 여자 질 안에 자연스럽게 들어가는 수가 많습니다. 그래서 옛날에는 태어나는 아이들이 도장빵이라고 해서 머리 한두 곳이 빠지는 병을 앓게 되었고, 시각장애인들이 많이 태어났습니다. 이것은 여자들이 임질을 앓거나 매독균을 보균한 까닭으로 추정하고 있습니다. 임균이 머리에 묻으면 머리가 빠지고 진물이 나오지요. 매독균은 거의 99퍼센트가 아이의 눈을 멀게 한다고 합니다.

할례를 하는 남자들과 사는 유대인 여자들에게는 자궁경구암 발생률이 현저하게 낮다는 통계가 실제로 나와 있거든요. 이것은 바로 유대인 남자들이 어렸을 때 할례를 받기 때문입니다.

그런데 할례에는 또 다른 신비가 있습니다. 남자의 성기가 여자 질 안에 들어가서 여자 질을 귀두로 마찰을 시켜줘야 여자가 오르가슴으로 가게 되는데, 만약 남자가 성기 표피를 그대로 갖고 있으면, 자기 표피 안에서 움직이고 마니 자기 혼자 좋은 것이 되고 맙니다.

그래서 저는 아직 포경수술을 하지 않았거나 반포경이신 남성분들에게 꼭 포경수술을 하라고 권하고 있습니다. 이것은 초등학교 시절에 하는 것이 좋습니다. 일찍 해 줘야 귀두가 커져서 음경이 여성의 질 안에 들어가 꽉 채워 주게 되고, 또 그래야 서로 만나는 기쁨이 크기 때문입니다.

성(性)은 추하거나 감춰야 할 음란한 것이 아닙니다. 성을 통해서 이 세상에 나오지 않은 사람, 동물, 식물, 곤충은 하나도 없습니다. 하나님의 구체적인 자기 사업 중의 사업입니다. 성의 원리를 파악하여 그 성의 원리에 따라 사는 것은 지극히 당연한 일입니다. 동물성, 식물성, 광물성, 인간성, 남성, 여성. 뿐만 아닙니다. 여성 남성 중에서도 그 사람 특유의 성질(性質)이 다 있다는 것입니다. 그래서 우리 조상들은 성리학(性理學)이라는 학문을 발전시키지 않았겠습니까?

영성은 결국 본성(本性) 회복입니다. 하나님께서 주신 본성을 회복하여 그 본성대로 살아가는 것입니다. 사람의 본성은 기쁨이니 기쁘게 살자는 것입니다. 그럼 나의 본성은 무엇일까요? 그 본성이 바로 소질과 재능 속에 하늘씨앗처럼 감추어져 있습니다. 그것을 살자는 것이 영성생활이요 삶의 방향일 것입니다.

성을 마구 해방하자는 것이 아닙니다. 그렇다고 보수주의적 견해를 고수하자는 것도 아닙니다. 하나님께서 주신 성의 원리를 창조의 법칙에 맞게 회복하여 그 성 에너지를 사랑 에너지로 변화시켜, 이 땅에서 행복과 기쁨을 누리고 살자는 성의 원리를 따르자는 것입니다.

공자도 성은 비의(秘意)라고 했습니다. 성은 깨달은 성인도 알기 어렵다고 했습니다. 안다는 것에 빠지지 말고 더욱 배우는 자세로 나아갑시다. 특히 부부가 서로 안다는 것에 빠져 더 이상의 배움의 자세를 견지하지 않는 데서 침체되는 수가 많거든요.

영성은 결국 본성 회복입니다.
하나님께서 원래 주신 본성을 회복하여
그 본성대로 살아가는 것입니다.
사람의 본성은 기쁨이니
기쁘게 살자는 것입니다.

성과 영성 (II)
부부침실 가꾸기

하나님은 은밀한 데 계십니다. 그래서 내가 은밀한 세계 속으로 들어가야 비로소 하나님을 만날 수 있는 것입니다. 우리가 살면서 가장 은밀한 곳이 있다면 부부침실이 아닐까 합니다. 그래서 오늘은 가장 은밀한 곳인 부부침실에서 은밀히 계신 하나님을 만나는 수련을 해 볼까 합니다. 오늘은 다른 수련보다 더 기대가 되시지요? 그럴 것입니다.

자, 먼저 각기 사용하고 있는 부부침실로 가 보겠습니다. 부부침실을 가꾸는 데 시간과 돈, 그리고 정성을 얼마나 쏟고 있는지부터 먼저 알아차렸으면 합니다.

혹시 자동차를 닦고, 구두를 닦는 것보다도 더 신경을 쓰지 않는 것은 아닌지요? 단지 잠자는 호텔방이나 여인숙 정도로 여기는 것은 아닌지요?

부부침실은 단지 잠만 자는 곳이 아닙니다. 부부가 사랑을 나누고 성 에너지를 사랑 에너지로 바꾸는 유일한 성소(聖所) 중의 성소입니다. 부부침대가 얼마나 신성하면 그곳은 신발도 벗고, 옷도 벗고, 체면도 벗고……. 다 벗어야 들어갈 수 있는 곳이 침실입니다. 그 무엇을 걸치고서는 만나지 못하는 어쩌면 성소 중의 성소인 지성소가 아닐는지요.

부부침실은 꼭 여자 혼자 만드는 곳이 아닙니다. 부부가 서로 어울려 정성스럽게 만들어야 하는 곳입니다. 향기가 있고 색깔이 있고 아늑하고 사랑의 기운이 넘치는 영적 분위기가 있는 곳으로 만들어 봅시다.

먼저 복잡하지 않고 깨끗하고 단순해야겠습니다.

향기가 있고 조명이 있어야겠습니다.

음악이 있고 성경책이나 좋아하는 시집이 있으면 괜찮겠지요.

촛불이 있으면 더 분위기가 있겠습니다.

목욕탕이 딸려 있으면 훨씬 좋겠습니다.

여자들이 싫어하는 것이 있는데, 그것은 남자들이 이를 잘 닦지 않고 잠자리에 든다는 것입니다. 또 샤워를 하지 않고 그냥 눕는다는 것입니다. 이 점에서 우리 남자들은 깨어 있어야겠습니다. 가까운 사람일수록 예의를 차리고, 매일 만나는 사람일수록 정성스럽게 만나야 하지 않겠습니까?

또 나이가 40이 넘고 50이 되면 몸에서 입에서 냄새가 날 수 있습니다. 그러니 더욱 입속을 청결히 해야겠고, 화장도 하고 또 향수도 쓰면 어떨까 합니다.

먼저 촛불을 켭니다.
초도 색깔 있는 것으로
촛대도 예쁜 것으로 준비하고요.
음악을 켭니다.
부드럽고 차분한 음악으로.
국악 산조도 좋고요.
부부가 함께 좋아하는 음악을 침실에 늘 있게 합니다.
욕실에 물을 가득 담습니다.
따스하게 찰랑찰랑할 정도로…….
그리고 함께 욕탕에 들어갑니다.
물속에서 충분히 함께 몸을 포개고 만져 주고…….
이때 들리는 소리 다 듣고,
얼굴도 보고, 느끼고, 알아차리고…….
장난도 하실 수 있겠지요.
아기들이 노는 것처럼.
동심을 살립니다.

욕실이 없으면 함께 샤워하는 것만으로도 좋습니다.

서로 몸을 닦아 줍니다.

몸을 닦아 주면서 눈으로는 상대방의 몸을 처음 본 듯이 자세히……

귀로는 음악을 듣고

방안 분위기를 느끼면서

먼저 일주일간은 침대에 남편을 눕히고

아내가 남편 머리에서부터 발끝까지 앞으로 뒤로

정성스럽게 마사지하듯이 손으로 만집니다.

눈으로는 잘 보고, 귀로는 잘 듣고, 느끼면서.

또 다음 일주일에는 아내를 눕히고

남편이 아내의 몸 구석구석을 자세히 보면서 만져 줍니다. 이때 손바닥에 바디로션을 발라도 좋습니다.

또 어깨와 허리에 맺혀 있는 근육도 풀어 주면 참 좋지요.

저는 결혼생활을 한 지 13년 만에 아내의 몸을 처음으로 자세히 볼 수 있었습니다. 그것은 아내도 마찬가지였겠지요. 그동안 대충 대강, 사실 있음대로 본 것이 아닌, 봤다고 생각하고 살았던 것이 아닌가 합니다. 그만큼 부부들의 만남이 대충 만나는 것이 아닐는지요. 자세히 보고 만지고 하는 데서 오는 친밀함과 하나 되는 느낌.

부부가 만나는 것은 단지 성기만의 만남이 아닙니다.

성교 내지는 배설이 목적은 아니라는 것입니다.

머리카락, 얼굴. 얼굴도 이마, 눈, 눈썹, 코, 입……

한 부분 한 부분 감각으로 만나는 것.

더 나아가서 가슴, 배, 다리, 발까지 구체적으로 만나는 것.

그것은 부부만이 만날 수 있는 만남입니다.

여성은 분위기를 많이 탑니다. 또 기운이 올라오는 데 상당한 시간이 필요합니다. 어떤 여성분은 자기 남편이 준비 없이 그냥 들어온다고 호소하기도 합니다. 그때의 아픔, 그리고 마음의 상처는 너무도 크다는 것입니다.

또 어떤 여성분은 불도 켜고 서로 대화도 나누고 만져 주고 보면서 하고 싶은데, 자기 남편은 불을 끄고, 이불을 뒤집어쓰고 깜깜한 데서 하기 때문에 그것이 불만이라고 합니다. 그것도 아들, 딸이 자라 거의 장년이 되었는데도 그렇게 하고 있다는 것입니다.

자, 그러면 행복한 부부 성생활을 위한 여행을 구체적으로 해 보도록 하겠습니다.

1. 성에 대해 더 긍정적이고 적극적인 태도를 갖습니다

인간의 감정 가운데 가장 저급한 것은 수치심입니다. 이 수치심 중 대부분은 성(性)에 관계된 것입니다. 그러니 부부가 서로 용납해 주고 봐줌으로써 서로의 수치심에서 벗어나 긍정적이고 적극적인 태도를 갖는 것은 부부 성생활뿐만이 아니고 일상생활에서도 상당한 힘이 됩니다.

성은 수치스런 것이 아닙니다. 성은 추한 것도 아닙니다. 성은 하나님이 주신 최고의 선물 중의 선물입니다. 그것이 없으면 하나님의 창조도 그치고 또 무슨 재미로 살겠습니까?

그러니 성적 욕구를 적극적으로 표현해 봅니다.

2. 사랑의 대화를 통해서 우정의 관계를 자라게 합니다

부부는 친구 중의 친구입니다. 어떤 사람들은 씩씩거리면서 성관계만 한다고 하는데, 이 시간에 서로 가슴 깊은 대화를 통해 친구의 정을 느끼게 합니다. 그래서 서로 맺히고 담아 두었던 것까지 다 나누어 풀도록 합니다.

그래서 평등한 부부 관계가 되도록 서로 노력합니다. 사랑은 노력하는 데서 성장하는 것입니다. 특히 부부 관계는 한쪽에서만이 아닌 양쪽에서 노력을 해야 합니다.

3. 두 사람의 관계에서 분노, 적대감, 불신 등의 억압 감정을 씻어 냅니다

어떤 부부는 서운한 감정이 있는 한은 성관계를 갖지 않는다고 합니다. 그런 상태에서 하면 꼭 강간당하는 기분이 든다는 것입니다. 그런데 또 어떤 부부는 좋지 않은 감정이 조금 쌓여 있다고 하더라도 몸을 섞고 보면 그것이 봄눈 녹듯이 녹는다고 합니다.

글쎄 어느 것이 더 옳다고 할 수 없겠지요. 목적이 부부 사랑이고 화합이니 내 생각을 넘어 그때 그때 더 효과적인 방법을 쓰는 것이 지혜로운 삶이 아니겠습니까?

4. 내면에 있는 어린아이로 하여금 함께 뛰어 놀게 합니다

부부관계는 유희 중의 유희입니다. 평생 해도 싫증나지 않는 것이 바로 성관계입니다. 그런데 너무나 심각하게 하는 부부가 많다는 것입니다. 서로 장난도 치고 놀기도 해서 우리 안에 있는 천진난만이 흘러나오도록 서로가 통로가 되어 주어야 합니다.

5. 자신이 가장 좋아하는 자극을 알아차리고 또 서로 그것을 가르쳐 줍니다

자신이 좋아하는 몸의 부분이나 듣고 싶은 소리나 고백이 있으면 마냥 기다리다가 기분 상하거나 불안해하지 말고, 소리 내어 알려서 서로 충분히 알리고 나눕니다.

사랑을 나눌 때 신음 소리가 나오는데, 이것은 지극히 자연스러운 것입니다. 그것은 음탕한 것이 아니라 사랑의 소리요 찬송입니다. 그러니 더욱 크게 마음껏, 참지 말고 내는 것이 건강한 부부입니다.

6. 황홀한 여행의 다섯 단계-준비기, 흥분기, 정체기, 오르가슴, 마무리-의 즐거움을 최대한 느낍니다

어떤 사람은 여성의 질을 깊은 동굴로 비유했습니다. 조금씩 조금씩 오래 들어가야 된다는 것입니다. 그런데 남자들은 입구에서 놀다가 그냥 나가 버린다는 것입니다.

시간은 45분 정도가 어떨까 합니다. 옛날 우리나라 음악을 보면 산조가 있는데, 이것이 바로 이 단계로 45분 정도를 연주한다고 합니다. 진양조로 시작해서 중모리, 중중모리, 휘몰이…….

여성들은 오르가슴을 여러 번 경험합니다. 그러나 남자들은 한 번입니다. 이 차이를 서로 잘 알아서 그 보조를 맞추는 것이 중요합니다.

충분히 준비가 되어 들어오라고 하면 그때 들어가는 것이 좋습니다. 일단 들어가면 충분히 느끼시기를 바랍니다. 짧게 짧게

222

길게……. 이런 반복을 통해서 여자의 오르가슴을 성기에서 배로 가슴으로 얼굴로 결국 머리끝까지 올려 주는 것입니다.

단지 질 안에서 음경이 피스톤 운동만 하는 것이 아니라, 압력을 넣어 질 안으로 깊게 깊게 밀어 주면 사랑의 기운이 머리끝까지 올라 바로 하늘문이 열리는 경험을 하게 됩니다.

이것은 힘으로 하는 것이 아닙니다. 정성과 사랑으로, 그래서 서로가 천국을 열어 주는 문이 되는 것입니다. 이때 자기가 남자인 것이 자랑스럽고 여자인 것이 행복한 느낌을 서로가 갖게 됩니다. 바로 시공간을 초월하는 엑스터시 경험입니다.

남자들은 사정을 바로 하지 말고 충분히 포옹한 상태에서 가만히 있어 봅니다. 그때 흐르는 몸의 기운을 충분히 느낍니다.

황홀감. 엑스터시. 오르가슴. 내가 없어지는 자리. 바로 하늘입니다. 그 하늘로 데리고 가는 문이 서로 되어 주는 것이 바로 부부입니다. 그리고 또 다시 긴장과 이완을 반복해서 깊은 골짜기를 올라, 끝내 히말라야 정상까지 가는 여행인 것입니다.

이때 아내가 남편 성기 끝을 꼭 쥐어 주는 방법으로 사정을 지연시킬 수도 있습니다.

음핵, 클리토리스에서만 즐기는 것은 진짜 오르가슴이 아닙니다. 자위 정도에 불과한 것이지요. 질 안에서의 오르가슴이 진짜인 것입니다. 그래서 동성애에서 갖는 오르가슴은 깊이가 없게 됩니다. 또 성관계는 궁극적으로 남녀 성 기운의 교류인데, 동성애에서는 그것이 아니기 때문에 정상적 관계가 아닌 것입니다.

그리고 끝나면 서로 마무리를 충분히 해 줍니다. 애무와 더불어 서로 칭찬해 주는 것도 잊지 마시고요. '당신 정말 대단해요.' '끝내줘요.' '전보다 훨씬 행복했어요.' '당신이 남편인 것이 고마워요.' '남자를 느끼게 되어 고마워요.' '여자를 느끼게 되어 참 감사해요.' '참 고마웠어요.' 등등.

7. 성생활을 방해하는 심중의 덫 즉 서두름, 피로, 음주를 피합니다

서두르는 자세는 남자들이 꼭 피해야 합니다. 서두름은 금물입니다. 피로할 때는 피곤함을 알려서 다음으로 미루고, 정말 기운을 모아서 나누었으면 합니다. 적당한 음주는 약간의 도움이 될지 몰라도 취한 상태에서는 가능한 한 피하는 것이 좋습니다. 특히 젊은 부부들의 경우, 임신 가능성이 있을 때 음주 후의 성관계는 금물입니다.

8. 자신의 영성(sprituality)과 성성(sexuality)은 하나로 병행합니다

그 둘을 친구가 되게 합니다. 그렇습니다. 영성과 성은 절대 분리할 수 없습니다. 이것을 분리하는 영성은 자연스럽지 못하고 또 어색하기 그지없습니다.

부부간의 영성이 다르면 가짜 부부든가 거짓 영성이라는 말이 있습니다. 그러니 부부가 같은 영성세계를 가지는 것은 당연한 것입니다. 그러려면 공동체험을 하는 것입니다. 남편이 우리 수련을 경험하면 아내도 같이하고, 아내가 이냐시오(영신수련)를 경험하면 남편도 함께하는 것입니다. 생활과 말로 조율하려면 수십 년 내지는 평생을 조율해도 못할 것을 한 주간에, 아니 한순간에도 할 수 있는 것입니다.

특히 영적 지도자의 일을 하는 목회자 부부는 똑같은 영성세계를 경험해야 합니다. 그래야 목회자인 남편과 함께할 수 있지, 집에서 잠만 같이 자고 함께하는 것이라 생각한다면 커다란 착각 중의 착각인 것입니다.

영성수련은 본성 회복입니다. 영성이 회복되고 영적 생활을 하게 되면 남자는 더욱 남자다워지고 여자는 더욱 여자다워지는 것입니다. 남자는 남신의 모습으로 여자는 여신의 모습으로 되어 가는 것이 우리 수련입니다. 그러니 끼 있다느니, 섹시하다느니 하는 말을 듣는 것은 오히려 건강하다는 말입니다.

물론 성의 기운 속에만 머물러서는 미성숙한 영성이겠지요. 그것을 사랑의 기운으로 변형시키는 수련을 계속해 나아가야겠지요. 여하튼 영성과 성성은 별개가 아니라 하나이고 그 하나로 조화롭게 변형시키는 기술이 바로 삶의 혜택이요 성숙의 지표라 하겠습니다.

9. 하나님 외에 최고의 치유자는 남편과 아내입니다

그렇습니다. 부부 성관계를 통해 치유가 일어나도록 사랑과 믿음으로 충분히 가꾸어 나갑시다. 성관계 자체가, 오르가슴 경험 자체가 치유입니다. 그런 치유는 그 누구도 해 줄 수 없는 영역입니다. 마음 문을 열고 몸의 세포 하나하나를 다 열어 서로를 다 용납해 주는 치유가 일어나도록 합니다.

치유는 드러낼 때 일어납니다. 서로가 무슨 말을 하고, 과거에 무슨 일을 얘기한다 해도 서로 판단, 분별없이, 있는 사실 그대로 보고 들어 주는 사랑이 일어나 전인치유가 일어나도록 합니다.

10. 사랑, 성, 결혼이 하나가 되도록 노력합시다

사랑 따로, 성 따로, 결혼 따로가 아닌 이 셋이 하나가 될 때 가장 완전한 부부관계가 아닌가 합니다. 오늘날 부부문제는 사랑해서 결혼을 했는데 성이 없고, 사랑과 성은 있는데 결혼을 못하고, 결혼은 해서 성관계는 있는데 사랑이 없는 것 아니겠습니까?

사랑은 느낌을 넘어서는 일(work)입니다. 노력하는 것입니다. 사랑과 성, 결혼이 하나가 되도록 해 나가는 수련이 바로 내가 나 되는 길 중의 길인 것입니다.

11. 혹시 장애가 있으면 서로 알리고 전문가의 치료를 혼자서 아니면 부부가 함께 받을 수 있습니다

감추거나 변명하는 것으로는 근본 치료가 안 됩니다. 감춘 만큼 병든 것입니다. 병은 알리는 것이 치료의 비결입니다. 조루나 발기부전, 불감증은 거의 다 치료할 수 있습니다. 가까운 성(性) 전문가를 찾으면 쉽게 고민을 해결할 수 있는 길이 있습니다. 주저하지 말고 찾으십시오. 부부가 함께 가면 더 아름답겠지요.

12. 부부가 함께하는 여행이나 영성 프로그램에 참여합니다

새로운 환경, 새로운 바람, 새로운 영성세계를 경험하면, 그동안 구태의연해진 삶에서 많이들 벗어납니다. 그래서 잃어버리고 살

왔던 점들을 찾고 부부 관계나 개인적 영성을 재충전하거나 보충하는 기회를 만들어 갑니다.

부부 성생활은 어떻게 해야 한다는 절대 원칙이 없습니다. 부부가 서로 사랑하고 신뢰하면서 새롭게 가꾸어 나간다면 그것이 제일 아니겠습니까?

요즘에는 책과 비디오가 많이 나와 있으니 그것들을 참고하노라면 행복한 부부 성생활로 더욱 깊고 넓게 나아가리라 믿습니다.

다른 기술들을 읽히고 연마하는 데는 엄청난 돈을 들여 책을 사고 연습을 하는데, 정작 필요한 부부 성생활에 관한 책들은 한 권도 안 보고 또 기술도 배우려고 하지 않는 것은 지혜 없는 무지한 삶이 아니겠습니까?

자, 우리 더욱 공부합시다. 부부가 함께 행복한 성생활을 즐기는 법과 기술을 익히고 또 나누고 해서 부부침실에서 행복의 향기가 직장으로 사회로 퍼져 나가게 합시다.

일류 평화의 시작은 바로 부부침실을 사랑으로 가꾸는 성생활에서 시작됩니다. 행복한 침실, 기쁨의 성생활은 비아그라 같은 외부에서 들어오는 그 어떤 약이나 정력식품으로만 되는 것이 아닙니다. 비아그라는 정력제가 아니라 치료약입니다.

남녀 서로가 동등하게 대해 주는 존경하는 마음, 공경하는 자세에서 시작해서 갈수록 서로의 성(性)을 알아가는, 깊고 오묘한 삶을 알아갈 수 있는 유일한 세계가 바로 부부 사랑 아니겠습니까?

성(性)은 깨달은 성인도 다 알기 어렵다고 합니다. 그러니 부족한 제가 뭐 다 알겠습니까? 달리 생각하는 분들도 있을 줄 압니다. 아마 그것도 좋을 것입니다.

죽음 명상

내일 일을 아무도 모른다고 하는데 조금만 정신 차리고 보면 내일 일은 정말로 확실하지요. 내일 그대에게 어떤 일이 일어날지 오늘 제가 확실하게 안내해 보겠습니다.

내일 당신은 확실히 죽는다는 것입니다. 그렇습니다. 죽음처럼 확실한 것은 없지요. 아하! 죽음은 없다고 했으니 지구별을 떠나는 날, 육체라는 장막집을 벗을 날이 있다는 것은 정말 확실하지 않습니까?

하루가 낮과 밤으로 이루어졌듯이 생(生) 또한 그렇습니다. 삶과 죽음으로 이루어져 있지요. 죽음은 삶의 끝이 아니라 삶을 완성시켜 주는 마디라고 하겠습니다. 또 다른 차원으로 들어가는 문인 것입니다. 그런 죽음을 왜 두려워하고 마치 자기에게는 그런 죽음이 일어나지 않을 것 같은 착각(?)을 하며 살고 있을까요? 그것은 죽음을 몰라서 그렇습니다.

그럼 죽음은 어떻게 알 수 있을까요? 한 번 죽어 보는 것으로 조금은 알 수가 있을까요? 물론 죽음은 삶 속에 있으니까 전체로 살 때 죽음도 맞이할 수 있겠지요.

그러면 죽는 연습을 같이 해 보도록 하겠습니다.

자, 잠깐 누워 보겠습니다.

아주 편안하게…….

숨을 깊게 내쉬고 또 마셔보고…….

(이미 고요한 음악이 흐르고 있습니다. 예를 들면, 모차르트의 〈레퀴엠〉, 영화 〈블루〉의 장송곡, 장사익의 〈하늘가는 길〉 등.)

죽음 또한 마찬가지입니다. 누구도 피할 수 없는 현실이요 미룰 수 없는 현실입니다 현실은 그 누구도 바꿀 수 없습니다. 현실에 대한 반응만을 선택할 수 있는 것이 바로 삶인 것입니다.

내가 나의 장례식에 참석한다고 상상합니다.

먼저 임종 장면으로 가겠습니다.

주위에 누가 있는가를 봅니다.

마지막 긴장감을 느껴 봅니다.

그리고 그때 무슨 말을 남기겠습니까?

이런 유언 어떻습니까?

참 고마웠다.

감사했다.

나는 부활이고 생명이다.

나는 다 이루었다.

모두가 하나님의 은혜였다.

이런 유언 말입니다.

관 속에 누운 자기 몸을 보겠습니다.

향 내음을 맡아보고 시끄러운 소리들을 들어 보겠습니다.

발인예배에 참석한 사람들에게 잠깐씩 눈길이 머뭅니다.

그들의 표정, 말들을 보고 듣고 느낍니다.

이제야 나를 이해합니다.

저들도 살날이 얼마 안 남았음을…….

다만, 그들은 그것을 알아차리지 못할 뿐임을…….

자신들의 죽음이나 짧은 인생이 아니라 나에게 향하고 있음을…….

오늘 이 장례식은 나의 잔치.

지구 방문을 마치는 가장 성대한 잔치.

목사님의 설교를 듣습니다.

나의 죽음을 아쉬워하고 슬퍼하는 사람들의 얼굴을 봅니다.

나의 죽음을 오히려 속으로 기뻐하고 반가워하는 얼굴도……

일부는 떠나고, 일부는 장지까지 함께하는 행렬을 봅니다.

정든 집과 교회, 거리, 골목들을 이제 영원히 뒤로 하고 "마지막으로 보는 거지……." 하며 충분히 느껴 봅니다.

장지에 도착합니다.

포클레인 소리를 듣고 일꾼들의 삽질 소리를 듣습니다.

하관예배가 시작됩니다.

내가 누워 있는 관을 보고 있는 사람들의 표정을 살펴봅니다.

취토가 시작됩니다.

모두가 떠나고 그날 그렇게 땅 속 무덤에서 첫날밤을 지내는 것을 느껴 봅니다.

일주일이 지납니다.

집요하리만큼 자기라고 착각하고 살았던 몸이 서서히 부패해 갑니다.

그토록 애쓰며 모았던 재산들……

심혈을 기울여 쌓아 올렸던 명예, 직위……

생명을 다 바쳐 사랑했던 벗이나 연인들……

성공과 실패……

합격의 환희……

실직의 고통……

미움…….

원망…….

서러움…….

한…….

내 것이라고 했던 이런 모든 것들이 우주 속으로 사라져 버린

것을 봅니다.

만물이 주께로부터 와서

주께로 가는 것임을 알아차립니다.

꽃들을 보고, 하늘을 보고, 새소리를 듣습니다.

아침햇살, 저녁노을, 아기 울음소리, 새소리, 벌레소리…….

생명이 계속되고 있음을 봅니다.

그러면서 그런 것들을 보고 있는 나를 느낍니다.

충분히 느낍니다.

다 사라져도 이렇게 나도 지금 여기 있음을 느낍니다.

·

·

·

(충분히 그렇게 느낍니다.)

아침햇살 장례축제에 대하여
지구별 환송잔치

사람은 사명이 있어 지구에 온 것입니다. 그러니 지구에서 사명
이 다하면 가야겠지요. 일 다 끝났는데 남아 있는 것은 별로 아
름답지 못합니다. 무대에서 자기 역할이 다 되었으면 내려와야
지, 자꾸 무대에서 서성거리면 자기 역할만 망치는 것이 아니라,
연극 전체를 망치게 됩니다.

그렇습니다. 우리는 다 때가 되어 왔고 갈 것입니다. 누구의 때?
바로 나의 때지요. 나의 때가 되어 지구별에 왔고, 또 때가 되면
지구촌을 떠나야 합니다. 이때를 아는 분은 한 분, 하나님 아버지
이십니다. 아버지께서는 지구 농장을 가꾸시는데 별의별 사람이,
별의별 동물이, 별의별 식물이, 별의별 것들이 필요하답니다.

그래서 아버지께서는 지구 농장에 딱 필요한 자기 아들 하나
를 1955년 12월 23일 오전 10시(지구 사람이 만든 시간)에 대한민
국 충남 금산군 남이면 하금리 새터 466번지, 장영재 씨의 피와
김종례 씨의 자궁을 빌려 보냈던 것입니다.

사람들은 그에게 이름을 붙였습니다. 성은 아버지 것을 따오고 이름은 길섭이라고 부르기 시작했습니다. 그런 장길섭이가 나이 20에 예수를 믿기 시작해서 39살 되던 3월 24일 오후 4시에 드디어, 어머니가 아닌 장길섭이가 아닌 하나님 자궁으로 난 참나를 보게 되었습니다. 그 나를 보니 부활이요, 생명입니다. 이름도 없고 혈통도 없고 족보도 없습니다. 태어난 적이 없으니 나이도 없고 그래서 죽음도 없습니다. 상처받은 적이 없는, 다 이룬 나 있음. 아하!

여기 있지만
여기 아닌 데 있고
그래서 여기 없지만
항상 여기 있는 사람
나는 그런 사람.

그래요. 내가 그토록 나라고 알았던 육체는 지구 방문에 필요했던 지구복이었는데 그것을 몰랐습니다.
착각했던 것이지요. 나와 옷을 구분 못 하는 우스꽝스런 일이 이 지구에서는 계속되고 있습니다.

자, 오늘은 그래서 지구복을 벗고 내가 더 나은 큰 세계로, 아버지께로 가는 날에 대한 나의 생각들을 적어 볼까 합니다.

먼저 어느 인도 시인의 시 하나를 읽어 봅니다.

서시

까비르

누가 나에게

옷 한 벌을 빌려 주었는데

나는 그 옷을

평생 동안 잘 입었다

때로는 비를 맞고

햇빛에 어깨가 남루해졌다

때로는 눈물에 소매가 얼룩지고

웃음에 흰 옷깃이 나부끼고

즐거운 놀이를 하느라

단추가 떨어지기도 했다

나는 그 옷을 잘 입고

이제 주인에게 돌려준다

나는 준비 없이 그날을 맞고 싶지 않습니다. 정말 아름답게 죽음을 경험하고 느끼고 싶습니다. 정성껏 준비한 지구 방문 마지막 날. 그날을 나는 진정한 축제로 맞이하고 싶습니다.

이 축제는 누가 만들어 주는 것이 아니라 내가 직접 만들고, 그래서 나와 함께했던 벗(바람과 햇살, 안개와 비……, 산새와 온갖 벌레들까지)들에게 마지막 선물이 되게 하고 싶습니다.

가능하다면 그날을 내가 정하여 맞이하고 싶습니다. 내가 더욱 깨어 산다면 아버지께서 오라 하시는 날과 시를 알게 될 것입니다. 주님 되시는 예수께서는 유월절 날 예루살렘으로 날과 시를 정하셨습니다.

모세도 그날과 그 시를 자기가 정하고 느보산에 들어가 나오지를 않았습니다. 사람들은 신선이 되었다고 하는데, 다 자기가 지구를 떠나는 장소와 시를 알고 자발적으로 간 길의 모형들이십니다.

저는 주변에서 자주 보아 왔습니다. 사람들이 사느라 바빠 그날이 왔을 때 얼마나 놀라고 당황하는지를 참 많이 보고 있습니다. 이것은 제대로 산 것이 아닙니다.

삶은 언제나 동전의 양면처럼 죽음이 있어야 완성됩니다. 낮과 밤이 있어야 하루가 되듯이 삶은 태어남과 죽음, 입장과 출장이 있어야 완성입니다.

노후대책은 참 많이들 합니다만 죽음 준비는 안 하고 살더라고요. 철학도 죽는 연습이라고 했습니다. 종교는 죽는 연습이 아니라 실제로 미리 죽어 그래서 죽음이 없는 삶을 사는 삶입니다.

미리 죽었으니, 죽음이 찾아온다 해도 친구처럼 익숙하게 맞이할 수 있어야 제대로 살았다 한 삶이 아니겠습니까?

나는 지구 방문 마지막 장소로, 논골재 아래 내가 30대 젊은 날에 지은 집, 그중에서도 '기쁨의 방'에서 맞이하고 싶습니다. 병원이나 다른 그 어떤 곳에 있다면 미리 살림마을로 꼭 옮겨주시기를 바랍니다.

머리를 동쪽으로 향하고 남쪽 창 너머에 있는 대나무와 소나무를 보면서, 또 그 너머 산과 하늘을 보면서 귀로는 풍경소리를 들으면서 가고 싶습니다.

내 주위에는 그날 자연스럽게 있게 된 가족과 하비람과 함께 조용히 맞이하고 싶습니다. 떠들썩하게 광고하지 말기 바랍니다.

내가 누워 몇 날을 지낸다면 그동안 내가 즐겨 들었던 음악을 듣고 싶습니다. 베토벤의 〈전원〉과 〈합창〉, 슈베르트의 〈아르페지오 소나타〉, 쇼팽의 피아노곡, 야니의 〈인 마이 타임〉(In My Time), 미샤 마이스키 첼로곡, 블루의 〈고린도전서 13장 사랑〉, 〈모두가 사랑이에요〉, 내가 즐겨 부르던 찬송들…….

내가 허락지 않은 상태에서 진정제, 마취제, 진통제를 놓으면 안 됩니다. 죽음을 경험하는 데 이런 것들은 아무런 도움이 되지 않기 때문입니다. 정 견디지 못하면 내가 원할 때 진통제를 놓아 주기 바랍니다.

나는 죽음의 순간을 연장하고 싶지 않습니다. 아버지께서 정하신 때에 '예.' 하고 가고 싶습니다. 그러니 산소호흡기나, 전기 충격기 같은 것은 사용하지 말아 주시기 바랍니다.

정말 내가 가고 싶은 방법은 내가 의지로 음식을 끊고 서서히 자연스럽게 옷을 벗는 방법입니다.

나의 임종을 보고 울거나 소리치거나 야단하지 말아야 합니다. 누가 있게 될 줄 모르지만 차분하게, 진지하고 사랑이 가득한, 아름다운 눈빛들로 함께했으면 합니다. 기쁨과 평화로움이 가득한 분위기로 만들어 주시기 바랍니다. 죽음은 평범한 일상입니다. 특히 우는 사람은 주변에 있지 못하게 하시고 장송곡은 울리지 않게 합니다.

빨간 장미 몇 송이와 우리 불꽃 님이 만든 촛대 위에 빨간 초와 향을 피워 주시기 바랍니다. 화환은 사양합니다.

나는 마지막으로 이렇게 이별을 하고 싶습니다. 따뜻한 손을 잡고 사랑 가득한 눈을 마주하며 "당신이 내 아내였던 것이 참 고마웠소. 네가 내 아들, 딸이었던 것이 참 감사했다. 그대들이

나의 제자였던 것이 내게는 은총이었소. 그대들이 나의 교인이었던 것이 내게는 행복이었소. 그동안 만났던 모든 이들, 그리고 바람과 햇빛, 눈과 비, 먹었던 음식들⋯⋯. 고마웠소. 나는 다 이루었소. 내가 지구에 와서 나를 보았으니⋯⋯. 제대로 잘 살았소. 모두가 하나님의 은혜였소."라고 말입니다.

저의 지구별 환송식인 장례축제는 3일장으로 하고 춤과 노래, 그리고 강연으로 엄숙한 수련회가 되었으면 합니다. 경축수련보다 더 환한 축제로 만들어 주기 바랍니다.

장례축제 절차는 저의 영적 후계자인 아침햇살 II세가 결정하는 대로 일관성 있게 진행하기 바랍니다. 아침햇살 II세는 교우들과 제자들, 가족들과 상의하여 균형 있고 조화로운 장례축제가 되도록 합니다.

살림마을과 수련회, 그밖의 일들은 계속됩니다. 살림마을과 수련회를 이어가는 사람은 아침햇살 II세, III세로 이어 갑니다. 그래서 사람은 가지만 그리스도의 복음을 전하는 일은 계속되도록 합니다. 수련회 내용과 사업은 전적으로 그때에 맞게 변화해야 합니다. 아름답고 행복한 삶을 선물하는 영성수련장으로 늘 가꾸어 가야 합니다. 게으름과 교만은 금물입니다.

평소에 내가 가장 즐겨 입었던 우리 옷을 입고 가고 싶습니다. 수의는 따로 입히지 말고 수련회 때 쓰던 관에다 넣어 주시고 무덤은 마당 한가운데, 감나무와 느티나무 사이에 1.8미터를 파고 묻고 평토장을 하고 마당으로 바로 사용합니다. 다 묻고 모두가 춤으로 하나님께 마음껏 기도합니다. 이때 유럽통합의 꿈을 담은 블루의 〈고린도전서 13장 사랑〉과 영화 〈1492년 콜럼버스〉의 주제가인 〈천국의 침노〉(The Conquest of Paradise), 그리고 베토벤의 〈운명〉과 〈합창〉, 홍순관의 〈천국의 춤〉으로 해 주셨으면 합니다.

감나무의 감으로, 느티나무 잎이 되어 그늘로 영원히 여러분과 함께하고 싶습니다.

몸을 실험용으로 병원에 기증하고 싶은 마음도 있지만 아직은 결정을 못 했습니다. 마음이 변해 시신을 병원에 기증하면 1년 후에 시신들을 찾아, 그것을 그대로 위와 같이 묻어 주면 됩니다.

혹시 나를 기념하고자 하는 이가 있으면, 생일이나 내가 지구를 떠난 날보다는 1994년 3월 24일 오후 4시를 더 기억하고 기념했으면 합니다.

비문은 느티나무에 이렇게 새겨 붙여 주시기 바랍니다.

"태어난 적도 없고 죽은 적도 없는 아침햇살 장길섭 하나님께로부터 와서 하나님 안에서 살다가 하나님의 은혜로 1955년 12월 23일 지구별에 와서 ○○년 ○○월 ○○일 지구별을 떠나다."

마지막으로 제가 좋아하는 성경구절들을 읽어 주시길 바랍니다. 잘 느낄 수 있도록 아주 천천히 또박또박 읽어 주시기 바랍니다.

당신은 배에 탔습니다.
당신은 항해를 했습니다.
당신은 해변에 도착했습니다.
이제 내리십시오.
-마르쿠스 아우렐리우스, 《명상록》

우리는 지금 항해 중입니다. 바람도 맞고 파도에 부딪치며 오대양 육대주를 마음껏 구경하고 느끼는 항해 중입니다. 그리고 내리라 할 때 기꺼이 내립시다. 미련 없이, 아쉬움 없이 말입니다. 정말 소풍 잘했노라고 노래했던 시인처럼 말입니다. 그럼 죽음에 관한 몇 개의 글들을 묵상해 봅시다.

그러나 "죽은 사람이 어떻게 살아나며, 어떤 몸으로 옵니까?" 하고 묻는 사람이 있을 것입니다. 어리석은 사람이여! 그대가 뿌리는 씨는 죽지 않고서는 살아나지 못합니다. 그리고 뿌리는 것은 장차 생겨날 몸 그 자체를 뿌리는 것이 아닙니다. 밀이든지 그 밖에 어떤 곡식이든지, 다만 씨앗을 뿌리는 것입니다.

그러나 하나님께서는 뜻하신 대로 그 씨앗에 몸을 주시고, 그 하나하나의 씨앗에 각기 고유한 몸을 주십니다. 모든 살이 똑 같은 살이 아닙니다. 사람의 살도 있고, 짐승의 살도 있고, 새의 살도 있고, 물고기의 살도 있습니다. 하늘에 속한 몸도 있고, 땅에 속한 몸도 있습니다. 하늘에 속한 몸들의 영광과 땅에 속한 몸들의 영광이 저마다 다릅니다. 해의 영광이 다르고, 달의 영광이 다르고, 별들의 영광이 다릅니다. 저마다 영광이 다릅니다.

죽은 사람의 부활도 이와 같습니다. 썩을 것으로 심는데, 썩지 않을 것으로 살아납니다. 비천한 것으로 심는데, 영광스러운 것으로 살아납니다. 약한 것으로 심는데, 강한 것으로 살아납니다. 자연의 몸으로 심는데, 신령한 몸으로 살아납니다. 자연의 몸이 있으면, 신령한 몸도 있습니다.

성경에 "첫 사람 아담은 산 영이 되었다."고 기록한 바와 같이 마지막 아담은 생명을 주는 영이 되셨습니다. 그러나 신령한 것이 먼저가 아닙니다. 자연에 속한 것이 먼저요, 그다음이 신령한 것입니다.

첫 사람은 땅에서 났으므로 흙으로 되어 있지만, 둘째 사람은 하늘에서 났습니다. 흙으로 빚은 그 사람과 같이 흙으로 되어 있는 사람들이 그러하고, 하늘에 속한 그분과 같이 하늘에 속한 사람들이 그러합니다. 흙으로 빚은 그 사람의 형상을 입은 것과 같이, 우리는 또한 하늘에 속한 그분의 형상을 입을 것입니다. (고린도전서 15:47~48)

씨앗이 터질 때가 되면, 식물은 갑자기 낱낱으로 흩어진다. 그 순간 씨앗은 껍질 속에 갇혀 그렇게 오랫동안 좁게 누워 있던 상태가 파괴되는 것처럼 느낀다. 그러나 사실은 새 세상을 얻는다. 해로 태어나는 아이와 탄생의 관계는 우리 죽음의 관계와 같은 것처럼 보인다. 어머니의 자궁 속에서 지금까지 삶을 가능케 했던 모든 조건들이 사라짐은 더 넓은 세계로 나아감이었던 것이다.

　-구스타프 페이더,《죽은 뒤의 삶》, 1836

죽음을 슬퍼하고 그럴듯한 위로의 말을 던지는 사람이 불멸이라는 생생한 사실에 눈을 돌릴 수 있겠는가? 육체가 영혼을 가졌는가? 아니다. 영혼이 육체를 가진 것이다. 영혼은 육체가 제 할 일을 다 했음을 잘 알고, 아주 엄격하게 그것을 한쪽으로 비켜 놓은 뒤 얼룩이 묻은 옷처럼 벗어 버린다.

-루시언 프라이스,《영혼의 기도》, 1924

귀천

천상병

나 하늘로 돌아가리라

새벽빛 와 닿으면 스러지는

이슬 더불어 손에 손을 잡고.

나 하늘로 돌아가리라

노을빛 함께 단둘이서

기슭에서 놀다가 구름 손짓하면은,

나 하늘로 돌아가리라

아름다운 이 소풍 끝내는 날,

가서, 아름다웠더라고 말하리라……

그때에 나는 보좌에서 큰 음성이 울려 나오는 것을 들었습니다.

보아라, 하나님의 집이 사람들 가운데 있다. 하나님께서 그들
과 함께 계실 것이요, 그들은 하나님의 백성이 될 것이다. 하나
님께서는 친히 그들과 함께 계시고, 그들의 눈에서 모든 눈물
을 닦아 주실 것이니, 다시는 죽음이 없고, 슬픔도 울부짖음도

고통도 없을 것이다. 이전 것들이 다 사라져 버렸기 때문이다.

(요한계시록 21:3~4)

새우와 고래가 함께 숨 쉬는 바다

삶으로 깨어나기
−영성생활의 초대

지은이 | 장길섭
펴낸이 | 황인원
펴낸곳 | 도서출판 창해

신고번호 | 제2019−000317호

초판 1쇄 인쇄 | 2023년 04월 12일
초판 1쇄 발행 | 2023년 04월 19일

우편번호 | 04037
주소 | 서울특별시 마포구 양화로 59, 601호(서교동)
전화 | (02)322−3333(代)
팩스 | (02)333−5678
E-mail | dachawon@daum.net

ISBN 979−11−91215−72−4 (03810)

값 · 15,000원

Publishing Club Dachawon(多次元)
창해·다차원북스·나마스테